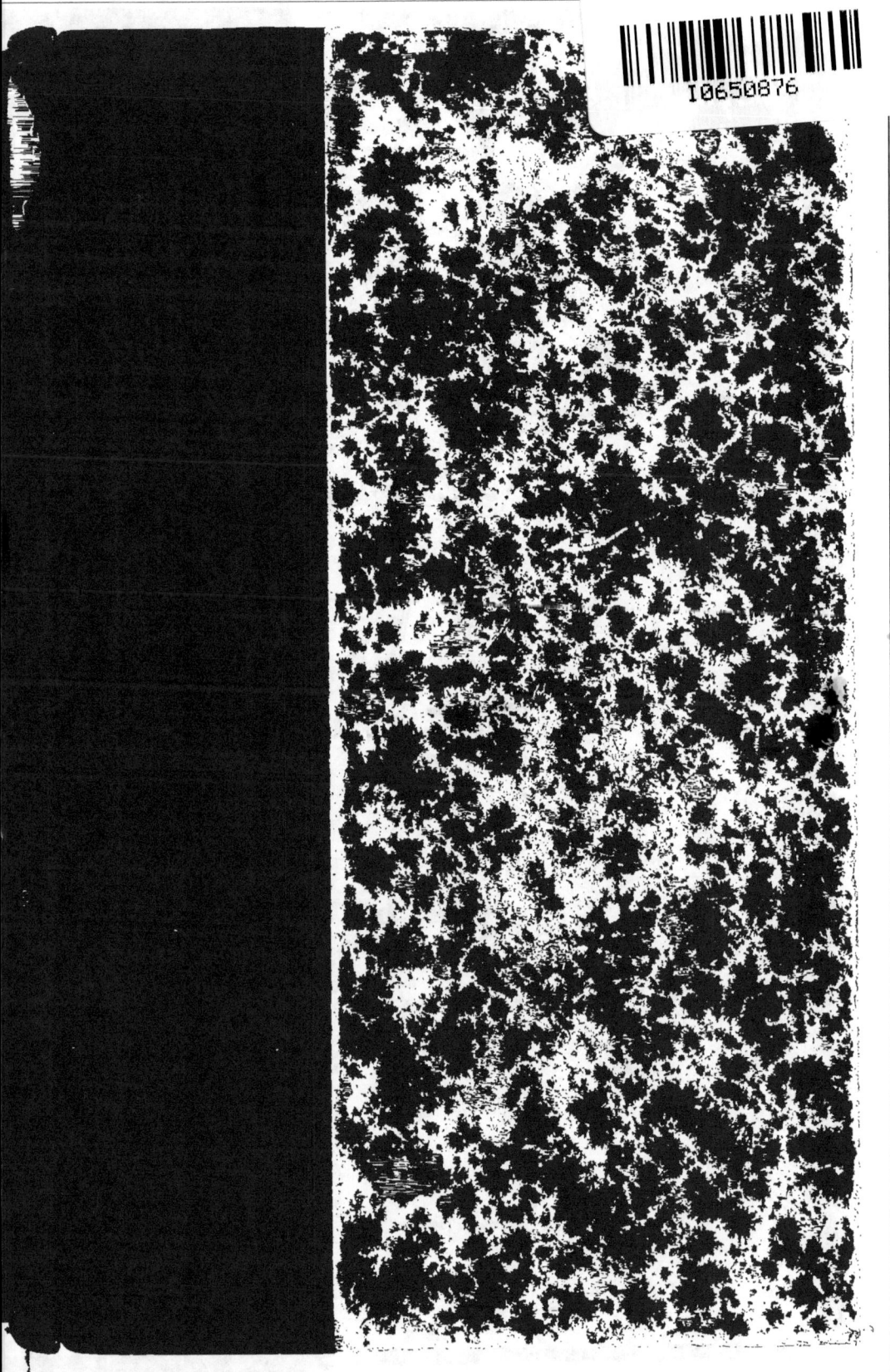

I0650876

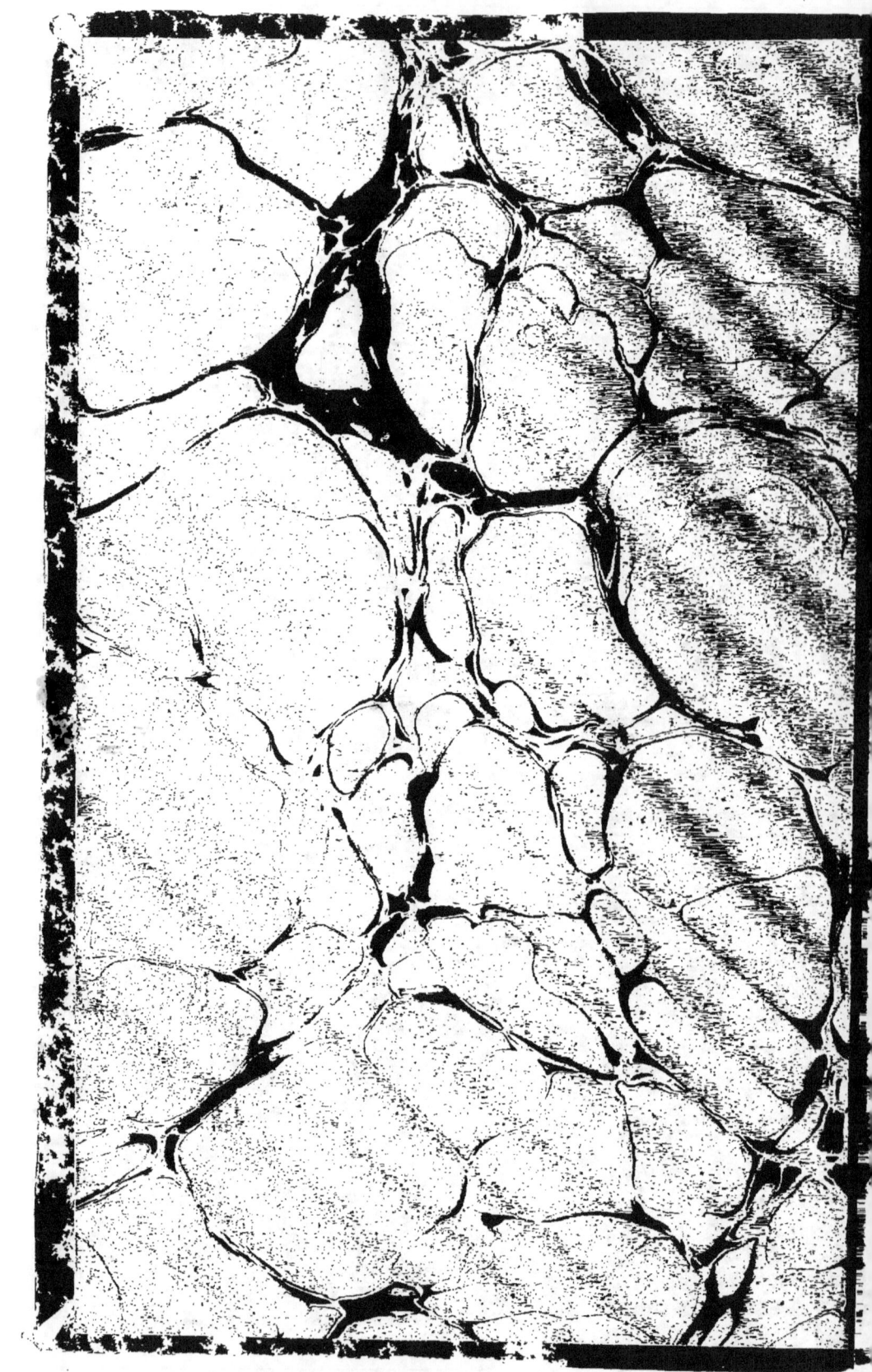

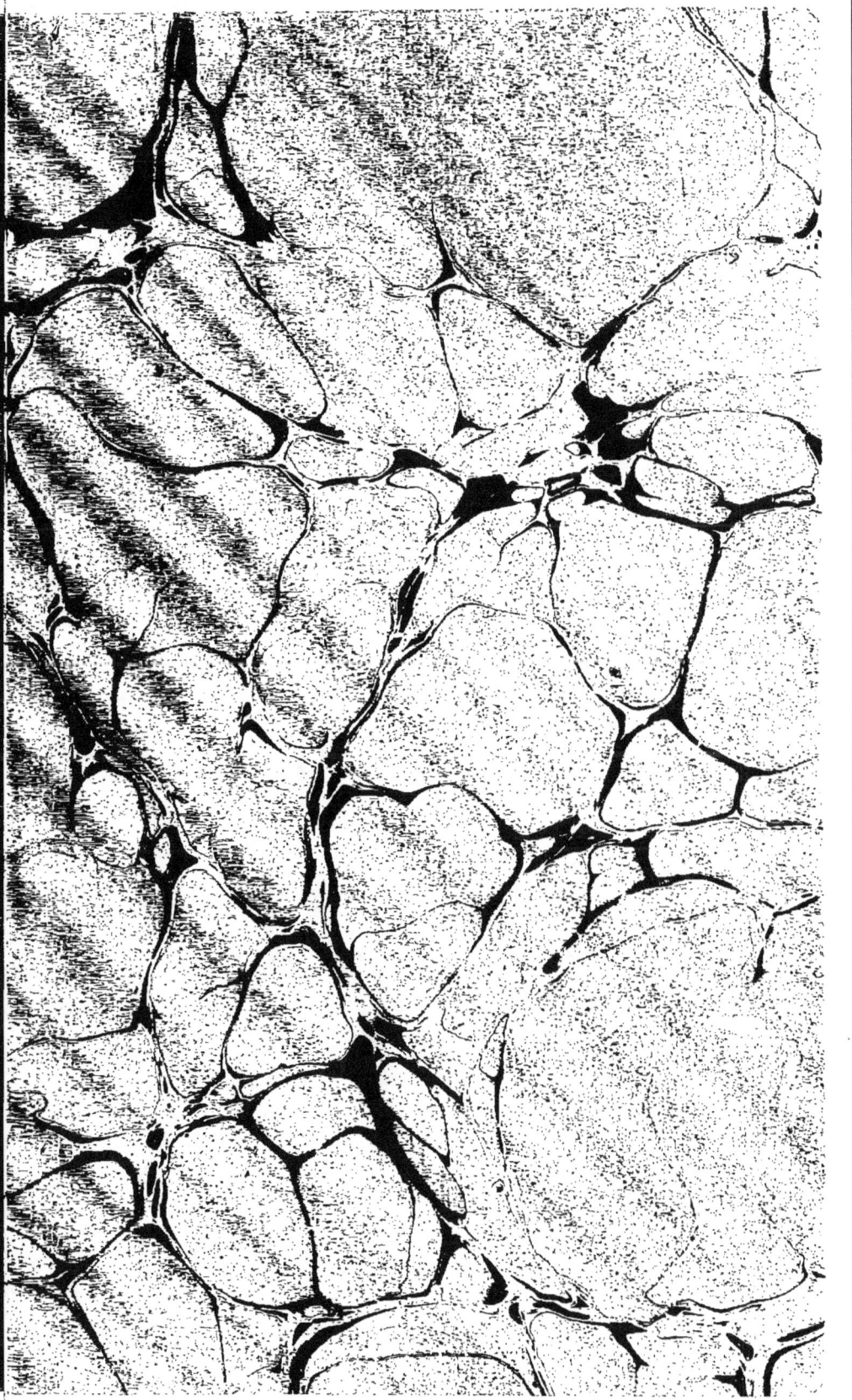

ŒUVRES COMPLÈTES

DE

# GÉRARD DE NERVAL

VI

---

## POÉSIES COMPLÈTES

CALMANN LÉVY, ÉDITEUR

ŒUVRES COMPLÈTES

DE

# GÉRARD DE NERVAL

PRÉCÉDÉES

D'une Notice par **Théophile Gautier**

Format grand in-18

Typographie Lahure, rue de Fleurus, 9, à Paris.

# POÉSIES

## COMPLÈTES

DE

## GÉRARD DE NERVAL

POÉSIES POLITIQUES
ÉLÉGIES NATIONALES ET SATIRES POLITIQUES
FRAGMENTS DE FAUST
ODELETTES RHYTHMIQUES ET LYRIQUES
VERS D'OPÉRA — LES CHIMÈRES
POÉSIES DIVERSES

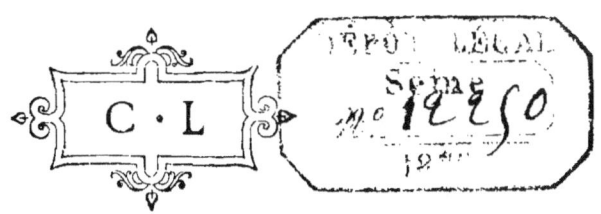

## PARIS

CALMANN LÉVY, ÉDITEUR
ANCIENNE MAISON MICHEL LÉVY FRÈRES
RUE AUBER, 3, ET BOULEVARD DES ITALIENS, 15
A LA LIBRAIRIE NOUVELLE

1877

Droits de reproduction et de traduction réservés

# POÉSIES POLITIQUES

# PRÉFACE

Un poëte de seize ans et demi, entreprenant un sujet
aussi grand que celui de la France malheureuse et trahie,
peut espérer quelque indulgence ; des incohérences, des
pensées fausses et peu d'habitude de faire des vers en
feront voir la nécessité ; mais, si dans ces essais on pouvait découvrir quelques-uns de ces traits qui caractéri-
sent les enfants des muses, il tenterait de se perfection-
ner dans un art qui lui donnerait les moyens d'exprimer
les sentiments d'une âme pure et patriotique.

# NAPOLÉON

ET

## LA FRANCE GUERRIÈRE

— 1826 —

---

## LA RUSSIE

Bruit, chimères, grandeur, éclat, tout a cessé!...
Porterons-nous encor les yeux vers la victoire,
Vers ce passé fameux, chargé de tant de gloire?
     Un revers a tout effacé!

Cependant, c'est au bruit de nos mâles courages
Que s'étaient élancés, avec notre laurier,
Ces cris d'étonnement, ces cris d'un âge entier,
     Qui retentiront dans les âges[1].

Invincible au milieu de ses braves Français,
Et n'étant point encore instruit par les défaites,
Bonaparte, égaré par de trop longs succès,
Avait fixé les yeux sur l'astre des conquêtes:

---

[1]. Idée tirée de *Napoléon et la Grande Armée*, par M. de Ségur,

Il crut qu'il le suivrait dans le plus froid climat,
Et son œil aveuglé d'un trop brillant éclat,
Au milieu des brouillards cherchait le météore,
Et dans un ciel désert semblait le voir encore.

Mais il ne vit plus rien, que l'horreur et la mort,
Rien, que l'aridité d'une terre glacée ;
Il n'entendit plus rien, que le souffle du nord,
Chassant le dernier son de sa grandeur passée.

S'il veut autour de lui promener ses regards,
Que voit-il ? Les débris de son immense armée,
Des squelettes hideux, errant de toutes parts,
Naguère les appuis de tant de renommée !

Des torrents, des rochers, un ciel toujours couvert,
Qu'un seul reflet du jour dans le lointain colore,
Et les feux de Moscou, qui promènent encore
Leurs funestes clartés sur ce vaste désert.

Alors il réfléchit ; sa pensée incertaine
Rappelle du passé le brillant souvenir ;
Et le passé n'est plus qu'une image lointaine
          Qui s'abîme dans l'avenir !

Souvent son œil voudrait en sonder le mystère ;
Il croit voir, à sa mort, l'avenir trop sévère
          Lui désigner un rang
Parmi ces insensés, avides de carnage,
Dont rien dans l'univers ne marque le passage,
          Qu'une trace de sang.

Qu'il tremble ! encor vivant, il est mort pour la gloire ;
C'est en vain qu'il voudra rappeler la victoire.

Son bonheur est passé :
Du ciel qu'elle habita sa grandeur qui s'efface,
Déjà sur l'horizon ne laissant plus de trace,
Semble un astre éclipsé.

Des glaces, des déserts, voilà donc le domaine,
L'empire que, parti d'une terre lointaine,
Il venait conquérir ;
Partout ces monts glacés repoussent l'espérance ;
Là va bientôt régner un éternel silence,
C'est là qu'il faut mourir !

Il croit en ce moment voir la France abattue,
Par ceux qu'elle vainquit en un instant vaincue,
Pleurer son seul appui ;
Encor s'il mourait seul, mais cette armée immense,
Ces nombreux combattants qu'il redoit à la France,
Vont périr avec lui.

Quel supplice cruel ! Victorieux encore,
Des plus nobles lauriers quand leur front se décore,
Ils mourront sans combats :
Ils cherchent l'ennemi, l'ennemi les évite,
Revient, fuit tour à tour et lance dans sa fuite
Un perfide trépas.

Que craint-il cependant ? dans la neige profonde,
Il voit ces légions, l'épouvante du monde,
S'entasser par monceaux.
Les vivants appuyés sur leurs armes muettes,
Se traîner lentement, comme d'affreux squelettes
Échappés des tombeaux.

Naguère on vit marcher cette superbe armée,
Comme un fleuve dévastateur,

Sur le front abaissé de l'Europe alarmée,
    Passa son flot dominateur.
    Rien encor de son onde avide
    N'avait pu réprimer l'effort,
    Mais enfin la glace du nord
    Enchaîna ce torrent rapide.

Au lieu des légions dont le vaste appareil
D'un peuple de héros annonçait le réveil,
C'est un amas confus qui s'appauvrit sans cesse,
Des bataillons sans chefs, des chefs sans bataillons,
Cachant leur pauvreté sous de riches haillons[1],
Et dont le dénûment accuse la faiblesse.

Qui peut donc effrayer leurs farouches rivaux?
Est-ce le noble éclat de trente ans de victoire,
    Qui, même au milieu de leurs maux,
Semble les couronner d'un long rayon de gloire?

Les ennemis, fuyant leurs débiles vainqueurs,
Semblent en redouter la guerrière attitude ·
Toujours de la défaite une longue habitude,
Comme un vieux préjugé, règne encor dans leurs cœurs.

Cependant, c'est le sort qui livre à leur vengeance
De ces fiers conquérants la farouche arrogance ;
Quelle honte pour eux, s'ils laissent en repos
Ces cadavres hideux sortir de leurs tombeaux !...

Ils donnent le signal, et la Mort se déploie,
S'arrête sur les monts, prête à saisir sa proie ;
Elle part, renversant des bataillons entiers,
Fait pleuvoir son courroux au milieu des guerriers,

---

1. Les tapis, les pelisses et les étoffes précieuses de Moscou.

Dont les corps mutilés roulent dans les abîmes,
Et semble s'acharner sur ses tristes victimes.

Partout c'est l'ennemi, partout c'est le trépas ;
Comme d'affreux volcans, ces roches menaçantes
Vomissent sur nos preux des flammes dévorantes,
    Et se couronnent de soldats.

Mais ce spectacle encor ranime leur vaillance ;
Vers ces rochers en feu leur foule qui s'élance
N'attend point le trépas, mais veut l'aller chercher,
    Et bientôt roule terrassée,
Comme la vague au loin vers les cieux élancée,
    Qui retombe au pied du rocher.

Mais, ô valeur sublime et qu'on ne pourra croire !
Ces mourants décharnés, sans armes, abattus,
Par le froid, par la faim, tour à tour combattus,
Partout sur leurs rivaux remportent la victoire :
Montrant que le Destin, sur de nobles vainqueurs,
Aux lâches quelquefois peut donner l'avantage ;
Mais que souvent, malgré le sort et le malheur,
La force ne peut rien où règne le courage.

Cependant, s'arrachant à tant de maux soufferts,
Entraînant les débris de sa débile armée,
Le chef des nations quitte ces froids déserts,
Tel qu'un feu qui s'éteint en traversant les airs,
Et laisse dans sa course un long trait de fumée.

# WATERLOO

Pleure, Napoléon, ton pouvoir expirant;
Sous d'indignes revers ta gloire est étouffée ;
Qu'en est-il revenu, de ton pompeux trophée?
   Le char brisé du conquérant[1] !

L'étranger va fouler ta dépouille mortelle,
Tes amis d'autrefois viennent de te trahir ;
Tu tombes ; et déjà sur leurs lèvres cruelles,
Un sourire de sang vient de s'épanouir.

C'est en vain qu'au Destin tu résistes encore,
Ta grandeur a passé comme un vain météore,
Comme un son qui dans l'air a longtemps éclaté.
Peut-être que ce bruit d'une puissance humaine
A frappé les échos d'une rive lointaine...
   Mais les vents ont tout emporté !

Qu'entends-tu dans les camps? C'est le bronze qui tonne ;
Mais ton oreille est faite à ce bruit monotone.

[1].  Off all the trophies gather'd from the war
   What shall return? The conqueror's broken car!
      (*Child Harold*, canto III.)

« Je crains peu, disais-tu du haut de ton pouvoir,
Ces rois paralysés cherchant à se mouvoir,
Esclaves révoltés, que mon regard farouche,
Qu'un signe de ma main ou qu'un mot de ma bouche
    Fera rentrer dans le devoir. »

Quand tu vis ce torrent, grossi par la tempête,
Si longtemps refoulé, refluer sur ta tête,
Le dépit éclata dans ton œil irrité.
« Arrête ! » as-tu crié. Mais toujours il s'avance ;
Hélas ! ange déchu, pour toi plus d'espérance.
Il est vrai que d'un dieu tu gardes la fierté...
    Mais tu n'en as plus la puissance.

Nos guerriers, où sont-ils ? O tableaux déchirants !
Les voilà, renversés sur la terre flétrie,
Sanglants, criblés de coups, abattus, expirants...
    Mais expirants pour la patrie !

Adieu notre avenir, nos succès, notre orgueil !
Waterloo, Mont-Saint-Jean, nos légions mourantes
Ont jeté leurs débris dans vos plaines sanglantes ;
Pourtant aucuns tombeaux élevés par le deuil
N'y protégent leurs os, que le vent des montagnes
Enlève dans sa course et rejette aux campagnes ;
Ils n'ont pas revêtu le funèbre linceul.
Quoi ! ces fiers conquérants, que la mort seule arrête,
Ces preux, qui de l'Europe avaient fait la conquête,
    N'ont pu conquérir un cercueil !...

Un cercueil, des flambeaux et des chants funéraires :
Gardez cet appareil pour les mortels vulgaires ;
Ils ne demandent rien aux pompes des humains...
Mais la postérité gardera leur mémoire,
Et les échos des temps promèneront leur gloire
    Dans les climats les plus lointains.

Portons, portons encor les yeux sur cette plaine,
Admirons cette ardeur, ce noble empressement
A courir, à voler vers une mort certaine.
Arrêtez!... Mais l'honneur à la mort les enchaine.
Tous, d'un commun accord, ont juré noblement
De vaincre ou de mourir pour la cause commune ;
Ils n'ont pu triompher de l'ingrate fortune...,
  Et le trépas acquitte leur serment !

  Écoutez les foudres brûlantes
  De tant de peuples assemblés :
  Voyez, dans ces plaines sanglantes,
  Nos preux, sous le nombre accablés :
  Admirez-les; leur troupe altière
  Combat contre l'Europe entière,
  Contre les destins irrités.
  Gloire au Dieu qui leur donna l'être !
  Gloire au pays qui les vit naître !
  Gloire aux seins qui les ont portés !

  Tandis que les races mortelles
  S'engloutissant dans l'avenir,
  Passent aux ombres éternelles,
  Sans laisser même un souvenir ;
  Leur gloire, sans cesse croissante,
  Luira, toujours plus imposante,
  Aux yeux de la postérité.
  O fortune digne d'envie !
  L'avenir, au prix de leur vie,
  Leur donne l'immortalité !

On croit entendre encor ce cri mâle et sublime,
Cette voix de leurs cœurs, cet accent unanime
Que nos preux répétaient en volant au trépas ;
Quand, tout couverts de sang et lassés d'en répandre,

Les ennemis, surpris, les pressaient de se rendre :
*La garde*, ont-ils crié, *meurt, et ne se rend pas !*

Ce cri, que répétaient nos guerriers intrépides,
Couvre d'abord le bruit des foudres homicides,
Mais bientôt il expire en murmure confus...
Dernier bruissement d'un son sublime encore,
    Que bientôt on n'entendra plus !

Le son s'éteint et meurt ; mais l'écho s'en empare,
    Et le porte aux autres échos ;
Il annonce partout que le Destin barbare
Dans la nuit du cercueil a plongé nos héros :
    On pleure, on gémit, on soupire,
    Le deuil plane sur les Français ;
    Et l'étranger lui-même admire,
Et rougit un moment de son lâche succès.

Ils sont morts ! Les voilà ! Sur leurs yeux intrépides
Un tranquille sommeil a semblé s'épancher.
Le calme règne encor sur leurs faces livides.
    Qu'avaient-ils à se reprocher ?
    Le soin d'une juste défense
    Avait pu seul armer leurs bras.
    C'est pour leur chef, c'est pour la France
    Qu'ils avaient reçu le trépas ;
    Leur gloire n'était point flétrie,
    Ils expiraient dans leurs foyers,
    Et la terre de la patrie
    Ensevelissait ses guerriers.

    L'esprit qu'effraye un tel carnage
Se plonge avec horreur dans ce champ de la mort.
Il ne voit que sujets d'admirer leur courage,
    Et de gémir des coups du sort.

Chaque sillon qui s'entr'ouvre
Aux regards offre et découvre
Les restes froids des héros.
Un pompeux monument ne charge pas leurs os;
Mais chacun d'eux, mourant sur ce sol funéraire,
D'un amas d'ennemis eut soin de le couvrir :
C'est dans cette couche guerrière
Qu'il rendit le dernier soupir.

# L'ÉTRANGER A PARIS

Le soleil, qui sur nous dardait ses feux rapides,
A donc été vaincu par des astres perfides,
Et ses feux endormis ont fait place aux éclairs.
Quel charme assez puissant peut fasciner la vue
  De cet aigle, enfant de la nue,
Dont les regards ardents dévoraient l'univers?

Un dieu vient de céder à des forces humaines;
Quels bras l'ont enchaîné? des bras chargés de chaînes.
Avec lui s'est dissoute, à nos regards surpris,
  Tant de puissance amoncelée.
  Il tombe, et la terre ébranlée
A tremblé sous le poids de son vaste débris.

Sur un rocher désert, sur la roche obscurcie,
Que le temps, que la flamme ont tour à tour noircie,
On le voit s'endormir pour ne s'éveiller plus;
Autour de sa prison, roule la mer profonde;
O Français! contemplez cet autre Marius,
  Assis sur un débris du monde!

Ah! si dans le combat qui décida son sort
Il eût pu rencontrer une honorable mort,

De quel divin éclat eût brillé sa mémoire !
Mais, en proie aux chagrins, dans le malheur bercé,
Peut-être il va vieillir comme un glaive émoussé,
Qui se ronge dans l'ombre et se rouille sans gloire [1] !

Il est là pour toujours ; plus d'espoir, plus d'appui ;
  Il reste en butte à la fureur commune,
Et les lâches flatteurs qui grandirent sous lui
    L'ont renié dans l'infortune.

Il eut de grands succès ; mais, hélas ! à quel prix !
Secourable à la fois et funeste à la France,
Au plus haut période il porta sa puissance...
Mais la France, en pleurant, lui demande ses fils !

Tes fils, ne pleure pas..., ils sont morts pour la gloire ;
Un laurier toujours vert ornera leur mémoire.
Partout où les guida le destin des combats,
Partout où pénétra leur rapide vaillance,
Leurs compagnons vainqueurs vengèrent leur trépas ;
L'ennemi paya cher... Mais Waterloo... Silence !...
Ceux-ci n'ont obtenu qu'un trépas sans vengeance !

    Français ! courons sous les drapeaux ;
    Vengeons leur cendre profanée ;
    De la gloire d'une journée,
    Dépouillons nos lâches rivaux.
    A la France qui nous appelle
    Rendons son antique splendeur,
    Et sur sa mourante grandeur,
    Entons une grandeur nouvelle !

[1].         . . . . . . . . . . Or a sword laid by
    Which eats into itself, and rusts ingloriously.
                          LORD BYRON.

Marchons, et, si le sort cesse de protéger
Un peuple généreux secouant ses entraves,
    Soyons plutôt de l'étranger
    Les victimes que les esclaves;
Marchons ! En expirant, ils nous léguaient, nos braves,
Ou leur exemple à suivre ou leur mort à venger.


Qu'offrir, en sacrifice, à leur cendre irritée ?
C'est du sang qu'il leur faut, nous n'avons que des pleurs ;
Tu parles de vengeance, ô France ensanglantée !
    Qu'as-tu fait de tes défenseurs ?


Déjà des ennemis les clairons retentissent;
Nous n'avons en nos murs qu'un peuple désarmé,
De femmes et d'enfants, un amas alarmé,
    Et les lâches qui nous trahissent.


Malheureux ! nous cédons au destin irrité !
    O désespoir ! une foule ennemie,
    Au poids de l'or, au poids de l'infamie,
    Nous vendra notre liberté !


Mais il faut dévorer nos chagrins en silence.
Que de fois les serments, les droits sont méconnus !
Que de fois l'équité gémit sous la puissance !
    Que de fois penche la balance
    Sous le fer d'un nouveau Brennus !


    Naguère riche et florissante,
    Notre patrie, orgueilleuse et puissante,
    S'applaudissait de sa fertilité;
    Mais l'étranger y pose un pied perfide,.....
Et nous cherchons en vain sur cette terre aride
    Son antique fécondité.

Nous voyons, sous les mains de ces nouveaux Vandales,
    Disparaître nos monuments
    Et ces antiques ornements
Qui décoraient jadis nos pompes triomphales.
Où sont-ils ces débris de cent peuples soumis,
Ces immortels travaux faits d'une main mortelle,
Ces amas d'étendards pris sur les ennemis,
Registres imposants d'une gloire éternelle !

L'étranger les enlève ; il soustrait à nos yeux
De nos anciens travaux ces témoins glorieux ;
Des produits de nos arts à son tour il s'empare,
Dépouille d'ornements nos palais violés,
    Et promène sa main barbare
    Sur nos monuments mutilés.

Mais sa fureur en vain sans cesse les menace ;
Et ces lâches en vain tâcheront de ternir
Les exploits étonnants que tenta notre audace ;
En vain ils essaieront d'en effacer la trace ;
En effaceront-ils l'immortel souvenir ?

Ce souvenir des temps bravera les injures,
Et, perçant au travers des âges entassés,
    Ira dire aux races futures
    Les exploits des siècles passés.

Ainsi le peuple roi devint le peuple esclave,
Le Français s'endormit sous une indigne entrave [1],
Et ce cri de surprise, au bruit de sa valeur,
Qui réveillait jadis les échos de la France,
    Ne fut plus qu'un cri de douleur ;

1. Celle des étrangers.

Mais que notre ennemi cesse en son arrogance
    D'insulter à notre malheur,
Ou, de nos cœurs brûlant d'une héroïque ardeur,
    Partirait un cri de vengeance.

# LA MORT DE L'EXILÉ

Toi qui semblas un dieu, quoique fils de la terre,
Qui pourra de ta vie expliquer le mystère ?
Un matin, tu brillas comme un soleil nouveau ;
Mais, le soir, las enfin de lasser la victoire,
Trop chargé de grandeurs, de triomphe, de gloire,
Tu roulas contre un roc avec ton lourd fardeau.

Là, tu viens de t'asseoir, et ta tâche est finie :
Du crêpe de la nuit la terre est rembrunie ;
Au repos bienfaisant tu vas enfin céder...
Jusqu'à ce que la voix du maître qui t'éveille
A la fin de la nuit vienne te demander
      Compte du travail de la veille,

Mais, avant d'accueillir ce sommeil précieux,
Vers le jour qui n'est plus tu reportes les yeux,
Et ton esprit, plongeant dans ta course passée,
Tantôt veut secouer un triste souvenir,
Tantôt d'un plus brillant aime à s'entretenir,
Et semble en écouter l'enivrante pensée.

Ah ! pleure tes grandeurs qui ne reviendront plus ;
Ton pouvoir, tes honneurs sont à jamais perdus,

Et ce charme puissant, insoluble problème,
Ce talisman vainqueur, que seul tu possédais,
Qui triomphait des rois, des peuples, du ciel même,
Dans les mains d'un mortel ne renaîtra jamais.


Un athlète fameux voulut briser un chêne ;
Mais il ne pensait pas que le tronc divisé,
Resserrant les éclats qu'il écarte avec peine,
        Retiendrait son bras épuisé :
De ses efforts en vain déployant la puissance,
Par les cris de sa rage il trahit sa souffrance,
L'écho seul du désert répondit à sa voix :
Et le soir, s'approchant de l'arbre qui l'enchaîne,
Un animal le vit, et déchira sans peine
Le vainqueur des lions et des monstres des bois.


De ton orgueil trompé telle fut l'imprudence ;
Attaché comme lui, sans force, sans défense,
Il fallut sous le fer plier ton bras vainqueur ;
Déchiré sans combat par des monstres perfides,
L'athlète de Crotone expira sans honneur :
Et toi, ne sens-tu pas, comme des loups avides,
Toutes les passions qui déchirent ton cœur ?


A son arbre attaché, quelle fut sa pensée
Quand il se ressouvint de sa vigueur passée,
Dont les premiers essais étonnaient l'univers ?
Et toi, que pensas-tu, quand, battu par l'orage,
Tu te vis, de si loin, jeté sur le rivage,
Comme un débris vomi par l'écume des mers ?

                    *

Mais pourquoi par le temps laisser ronger tes armes ?
Pourquoi laisser couler ton âme dans les larmes ?
Reprends le glaive encor, sors de ton long repos :

N'as-tu donc plus le bras qui lance le tonnerre ?
N'as-tu plus le sourcil qui fait trembler la terre ?
N'as-tu plus le regard qui produit les héros ?


Lève-toi ! c'est assez gémir dans le silence !
De tes lâches gardiens crains-tu la vigilance ?
Ces vaincus d'autrefois ne te connaissent plus :
Mais redeviens toi-même, et reparais leur maître !...
Ils gardent sans effroi ce que tu sembles être,
Et s'enfuiront encor devant ce que tu fus !


Mais ton âme n'a plus sa brûlante énergie,
Ton talisman sans force a perdu sa magie,
Et les fers ont usé ta vie et ton ardeur :
Ainsi le roi des bois devient doux et docile,
Et se laisse guider par le chasseur habile,
          Qui sut enchaîner sa fureur.


Tu n'es plus à présent qu'un mortel ordinaire,
Faible dans l'infortune et sensible aux malheurs ;
Plus d'encens ! plus d'autels pour l'enfant de la terre !...
On ne peut désormais t'accorder que des pleurs.


Il fallait rester grand en restant à ta place ;
Au lieu de te plier, te briser sous le sort,
Tu pouvais en héros défier sa menace :
N'avais-tu pas toujours un asile ?... la mort !


La mort, mais elle est là : c'est Dieu qui te rappelle ;
Il va te délivrer de l'écorce mortelle
          Qui cachait ton âme de feu :
Lui seul peut prononcer l'éloge ou l'anathème. —
Quand sur les rois détruits tu régnais, dieu toi-même,
          Songeais-tu qu'il était un Dieu ?

Maintenant tu frémis, et ta vue incertaine
    Sonde l'éternité;
Et ton œil, égaré dans la céleste plaine,
Pénètre avec horreur dans son immensité.
Ne crains rien : notre Dieu, c'est un Dieu qui pardonne,
    La clémence qui l'environne,
    Et son éternelle bonté,
    Sont sa plus brillante couronne,
Le plus bel attribut de sa divinité.


Il te pardonnera; qu'importe que sur terre
Il t'ait vu consumer un temps si précieux,
A ramasser en tas quelque peu de poussière...
Que le souffle du Nord fit voler dans tes yeux.


La mort vient. — Et, semblable à la mourante flamme,
Dans ton cœur défaillant tu sens trembler ton âme,
Et tes cils, tout chargés du long sommeil des morts,
Vacillent sur tes yeux, s'abaissent; tu t'endors! —
Adieu! — Mais, en quittant sa dépouille grossière,
Ton âme arrête encor et se porte en arrière;
Tu crains... que peux-tu craindre au moment du trépas?
Non, personne jamais n'occupera ta place;
Eh! quel fils de la terre osera, sur ta trace,
S'élancer jusqu'aux cieux pour retomber si bas?


O vous qu'il étonna dans sa noble carrière,
Contemplez le héros au moment du sommeil;
De sa chute on le vit se relever naguère...
Mais, hélas! cette fois, c'est sa chute dernière,
Et son repos tardif n'aura plus de réveil.


Ah! contemplez encore au moment qu'il expire,
Cette tête où siégea le destin d'un empire,
Cette bouche où tonna sa formidable voix,

Ce front vaste, foyer de ses projets immenses,
Cette main dont l'effort écrasait des puissances,
Élevait des guerriers, ou pesait sur des rois.

Mais sa bouche est muette, et sa main impuissante,
Son front n'enferme plus une pensée ardente,
Et, puisque le grand homme est au séjour des morts,
Il n'en restera plus bientôt que la mémoire...
Et le ver du cercueil aura rongé son corps,
Quand l'Envie à son tour voudra ronger sa gloire.

Dans le triste réduit où le roi prisonnier
Après tant de chagrins exhala l'existence,
Les preux, frappés encor de son accent dernier[1],
Les yeux fixés sur lui, gémissent en silence ;
Mais aux portes s'entend un bruit long et confus ;
Soudain la Renommée embouche la trompette,
L'écho redit ses sons, et partout il répète
      Ces mots : *Il n'est plus! il n'est plus !*

N'est-ce qu'un bruit trompeur et l'accent du mensonge?...
Sans le croire on l'entend : mais le bruit se prolonge ;
Le temps, comme un vain son, ne l'a point dissipé,
Et sur tant de grandeur la mort a donc frappé !
Les uns ont tressailli d'une barbare joie ;
D'autres, pleurant sa perte, au chagrin sont en proie ;
Quelques-uns même encor ne peuvent consentir
A croire un coup du sort qu'ils étaient loin de craindre :
« Comme si le soleil pouvait jamais s'éteindre,
Et comme si le dieu pouvait jamais mourir ! »

         ✳

1. Les dernières paroles de Napoléon furent : *Mon Dieu* et *la nation française!... Mon fils! Tête armée!...* On ne sait ce que signifiaient ces derniers mots. Peu de temps après, on l'entendit s'écrier : *France! France!*

Il n'est plus ; mais la gloire a droit de le défendre
Du blâme qui souvent plane autour des tombeaux,
Le grand homme en mourant a couvert ses défauts
Du rapide laurier qui grandit sur sa cendre.

Quoique, ressortant plus sur un fond radieux,
Des faiblesses sans doute entachent sa mémoire,
Honte à vous qui voulez rabaisser cette gloire
    Dont l'éclat aveugla vos yeux :
Ne portez pas si haut ces yeux faits pour la terre ;
Reptiles impuissants, rampez dans la poussière...
    L'aigle était dans les cieux !

Avant sa mort, craignant un revers de fortune,
L'Europe, mesurant le long gouffre des mers
    Et la lenteur d'une vie importune,
    Frémissait au bruit de ses fers :
Mais, le champ désormais étant libre à l'injure,
Ta mémoire est en butte à des flots d'imposture ;
Des nocturnes oiseaux les lamentables cris
Viennent insulter l'aigle à son heure dernière,
Comme un vent empesté, planent sur ses débris,
Et croassent longtemps autour de sa poussière.

« Il n'est plus, disent-ils, ce tyran des mortels ;
Dans un honteux exil à son tour il succombe,
Ce lâche contempteur des ordres éternels,
Qui voulait de la terre obtenir des autels,
    Et qui n'en obtient qu'une tombe.

« Le hasard, ce seul Dieu qu'il voulût adorer,
De la coupe des biens se plut à l'enivrer ;
    Mais il la vida tout entière ;
    Alors sa fortune cessa ;
Puis il l'emplit du sang des peuples de la terre..
    Et la coupe se renversa !

Comme un songe d'enfer, il pesait sur le monde,
Balayait en passant son espoir renversé,
Ainsi qu'un vent du nord dans la plaine féconde,
    Promenant son souffle glacé.
La palme qu'il portait était toute sanglante,
    Les guirlandes étaient des fers ;


« Et son sceptre imprimait une tache infamante
    Au front des rois de l'univers ;
Sa gloire qui brûlait la terre palpitante,
    Était de sang toute fumante,
Et ses rayons de feu n'étaient que des éclairs.


« Mais les hivers du Nord arrêtèrent sa rage,
Le tonnerre au néant le força de rentrer,
La mer le revomit dans une île sauvage,
Où le sol le porta... mais pour le dévorer.


« Tigre cruel, l'horreur de toute la nature,
Dans un étroit cachot l'on sut te captiver.
Là, tu viens d'expirer faute de nourriture ;
Car il t'aurait fallu tout le monde en pâture,
    Et tout le sang pour t'abreuver ! »

En insultes ainsi déborde l'impudence...
Mais un autre motif le guidait aux combats
Que celui de régner sur de vastes États :
Ce fut par le désir d'une juste défense,
Par celui de venger et d'agrandir la France,
Qu'il remplit vingt pays des flots de ses soldats.
Cependant, si toujours à conquérir la terre,
A rabaisser l'orgueil de ses puissants rivaux,
    Il eût borné tous ses travaux,
Sans doute il n'eût été qu'un conquérant vulgaire :
Mais il fut des talents et le guide et l'appui ;

Il encourageait le génie,
Ornait de monuments la France rajeunie,
    Et les arts régnaient avec lui.


Admirez en tous lieux ces superbes portiques,
Ces monuments sacrés, ces palais magnifiques,
    Dont il remplissait ses États ;
Il fut grand dans la paix comme dans la victoire ;
O Français, contemplez ces colonnes de gloire,
Dont le bronze orgueilleux retrace vos combats :
Gloire au législateur ! il terrasse le crime,
Il montre à l'innocence un sévère vengeur,
Et Thémis, reprenant son pouvoir qu'il ranime,
Entoure le héros d'une sainte splendeur.
Gloire à lui qui fut grand, et de toutes les gloires,
A lui qui nous combla de maux et de bienfaits,
A lui qui fut vainqueur de toutes les victoires,
    Mais ne put se vaincre jamais !


Extrême en ses grandeurs comme en ses petitesses,
N'allons pas comparer à César, à Sylla,
    Dans ses vertus ou ses faiblesses,
    Ce qu'il fut... ou ce qu'il sembla ;
N'égalons donc à rien celui que rien n'égale ;
Qu'il tombât dans l'abîme, ou volât au soleil,
Sur un rocher désert, dans la pourpre royale,
Ou plus haut, ou plus bas, il était sans pareil !


Le superbe tombeau qu'il fit jadis construire,
    Ainsi que son immense empire,
    Est demeuré vide de lui :
On tailla dans le roc sa demeure dernière,
    Et sous une modeste pierre
    Sa cendre repose aujourd'hui.
Mais ses gloires, toujours aux nôtres enchaînées,

Lui promettent un nom qui ne doit pas finir,
Monument éternel, enfant du souvenir,
Qui ne croulera pas sous le poids des années,
        Mais grandira dans l'avenir!

LES

# HAUTS FAITS DES JÉSUITES

## ET LEURS DROITS
## A LA RECONNAISSANCE DES FRANÇAIS

DIALOGUE VERSIFIÉ

EN MANIÈRE D'INSTRUCTIONS DONNÉES PAR LE POËTE BEUGLANT

A SON AMI CADET-ROUSSEL

— 1826 —

Air : Je loge au quatrième étage.

CADET-ROUSSEL.

Beuglant, je r'viens d'la Grenouillère,
Et j'te trouve ici tout à point ;
Tu vas éclaircir ma lumière
Sur eun' question qu'est z'un grand point :
Tu lis, car t'es homme d'conduite ;
Quand on cherche un savant, te v'là !
J'entends partout le nom d'jésuite :
Parl'-moi donc un peu d'ces gens-là.

BEUGLANT.

Un jésuite ! apprends donc, mon homme,
Qu'c'est un moine insoumis aux lois,
Qui ne r'çoit d'instructions que d'Rome,
Et qu'est l'plus grand enn'mi des rois :

Sa morale est un peu fantasque ;
Les vertus n'sont rien à ses yeux ;
Mais c'est en en prenant le masque
Qu'il fait tant de dup's en tous lieux.

CADET-ROUSSEL.

L'grand enn'mi des rois ! ça m'tracasse ;
C'est des mots que j'n'entends pas bien :
Aux rois, quoi qu'tu veux qu'un moin' fasse ?
Son pouvoir doit z'êt' moins que rien.
Je m'rappell' pourtant c'te vermine
Qu'on app'lait, j'crois, les capucins,
A qui l'costume donnait la mine
Qu'avont souvent les assassins.

BEUGLANT.

Des *assassins !*... Sans conséquence,
Tu viens, ma foi, d'prononcer l'mot :
Voilà comment, sans que t'y pense,
T'attache aux jésuites l'grelot ;
Eh bien, ces moines, pour combattre,
Grâce aux doctrines d'un Guignard,
Le vaillant, le grand Henri-Quatre,
N'ont eu besoin que d'un poignard.

CADET-ROUSSEL.

Beuglant, ah ! j'frémis de t'entendre !
C'est par eux que l'premier Bourbon
Au fond d'la tombe a pu descendre !
Quoi ! c'est z'eux qu'ont tué c'roi si bon !
Mill' tonnerr's ! tout mon sang se glace,
Quand sous l'règn' d'un p'tit-fils d'Henri,
On voit r'naître et rentrer z'en grâce
Un ordr' si justement flétri !

BEUGLANT.

Quand c'te société régicide

Proscrivait un roi si chéri,
Déjà, sous son fer parricide,
L'dernier Valois avait péri.
Plus tard, par son ordre suprême,
Un bras pervers, mais chancelant,
Encore sur Louis quinzième,
Essaya son poignard sanglant.

CADET-ROUSSEL.

Ainsi, de c'te perfide engeance,
Les vils suppôts r'naiss' donc toujours !
En vain l'sang des rois d'mand' vengeance
D'ceux qu'la Franc' maudit tous les jours !
Ah ! quel est donc l'mauvais génie
Qui protég' ces enfants d'l'enfer !
Quel est l'docteur... de Béthanie,
Qui veut dans leurs mains r'mett' le fer ?

BEUGLANT.

De partout chassés pour leurs crimes,
Désignés par les potentats
Qu'ils voulaient rendre leurs victimes,
Comme les fléaux des États,
Quand tous les peuples les connaissent,
Sous un ciel par eux rembruni,
En vain en France ils reparaissent :
Leur règne est à jamais fini.

CADET-ROUSSEL.

J't'entends avec plaisir, mon homme,
Et j'augur' bien d'ta prédiction ;
Dans mes esprits tu r'mets du baume :
J'vois pâlir la *congrégation.*
J'avons tous besoin qu'on s'accorde
Pour maint'nir la paix et l'union,
Et je n'voulons pas qu'la discorde
Serv' des hypocrit's l'ambition.

### BEUGLANT.

Va, nous rirons tous par la suite,
L'jésuitism' n'aura pas d'succès,
D'autant plus qu'pour se fair' jésuite,
N'faut êt' ni chrétien ni Français.
Mon ami, bois à l'espérance,
Bois à la franchise d'not' roi,
A la santé des pairs de France,
Qui r'pouss' toujours un' mauvais' loi !

### CADET-ROUSSEL.

Si les jésuit' n'ont rien à r'frire,
Mon cher Beuglant, en vérité,
J'boirons de bon cœur et j'pourrons rire ;
Mais j'propose aussi z'eunn' santé :
Quand tant d'grands homm' z'en miniature
Veul' nous priver d'nos plus beaux droits,
Honneur à la magistrature
Qui soutient si dign'ment nos lois !

# ÉLÉGIES NATIONALES

## ET

## SATIRES POLITIQUES

# PRÉFACE

Mai 1827.

*La loi de la presse est retirée!* Ces mots, qui viennent de produire tant d'éclat en France, ont retenti bien
agréablement à mes oreilles, d'abord à cause du bien
qu'une telle mesure fait à notre pays, ensuite à cause de
celui qu'elle me fait à moi-même. Lors du succès de
cette loi, le présent ouvrage était sous presse, et ce fut
la crainte qu'elle inspirait qui m'en fit hâter la publica-
tion. Cela peut être une excuse de l'incorrection des
pièces offertes au public; mais, d'après le nouvel ordre
de choses, cette même excuse sera peut-être encore va-
lable, parce que je ne pouvais le prévoir. L'indulgence
que mon âge fit accorder à la première édition me fait
espérer beaucoup pour la seconde, quoique une année de
plus m'y donne moins droit. Quelques-unes des pièces
qui la composent ont été corrigées, d'autres ajoutées,
et l'on y rencontrera la variété, sinon la perfection.

« Et puis, dira-t-on, encore des vers sur Napoléon! »
Cette observation, jointe à celle du discrédit de la poésie dans ce siècle, formera au moins les deux tiers des
articles qui seront publiés sur mon ouvrage, si toutefois
on en publie. — Oui, en voici encore; mais pourquoi
s'en plaindre? Cet homme-là a tant grandi de sa com-

paraison avec ceux d'aujourd'hui, que c'est vers son règne que le poëte est obligé de remonter, s'il veut trouver de belles pensées et des inspirations généreuses ;
hors de là, tout est dégoût et désenchantement.

Pour la satire, c'est autre chose : jamais elle ne fut
mieux placée ; aussi mes essais satiriques sont-ils à l'ordre du jour. C'est la partie de mon recueil que j'estime
le moins, mais qui me paraît cependant devoir plaire
davantage au public, plus avide de rire que de méditer.
La sensation que j'éprouve, en les composant, a quelque
chose d'amer et de désagréable ; combattre le vice et
le crime est cependant méritoire ; mais chanter la vertu
et la gloire est plus doux pour le cœur d'un poëte, et
l'on aimerait mieux avoir à louer ceux qui gouvernent
qu'à les combattre. Mais qu'y faire ?

# ÉLÉGIES NATIONALES

## ET

## SATIRES POLITIQUES

---

## A BÉRANGER

De mes rêves brillants douce et frêle espérance,
Ces chants que produisit un trop rare loisir,
    C'est au poëte de la France,
C'est à toi, Béranger, que j'ose les offrir !
J'aurais pu, leur donnant un essor moins rapide,
    Les rendre plus dignes de toi ;
    Mais ma muse a pâli d'effroi
    Devant un avenir perfide [1].
Pourtant daigne sourire à mes faibles essais !
Par leur patriotisme ils te plairont peut-être ;
Et puissent-ils en moi te faire reconnaître,
Sinon un bon poëte, au moins un bon Français !
Je le suis ; car tes vers plurent à mon enfance,

---

1. Publié au moment où se discutait la loi Peyronnet sur la presse.

Car je sens se mouiller mes yeux
Quand ils nous parlent de la France.

Épouvanté de ses revers,
Mais animé par ses victoires,
C'est à ses malheurs, à ses gloires,
Que j'ai voué mes premiers vers.
Plus de succès peut-être attendaient ma jeunesse,

Si leur vol moins audacieux
Eût su flatter de sa bassesse
D'autres autels et d'autres dieux ;
Mais à ton idole chérie
Ma muse a consacré ses jours :
Un sourire de la patrie
Vaut mieux que la faveur des cours.

Qu'ils partent ! je les abandonne
Ces vers, poétiques enfants,
Soit qu'on leur garde une couronne,
Ou qu'on enchaîne leurs accents ;
Car déjà l'horizon menace,
Et le but désiré s'efface
Parmi des nuages sanglants !

Qui les amoncela ? Quel effrayant murmure
A répandu l'effroi dans nos murs attristés ?
Quel monstre osa flétrir de son haleine impure
L'espoir de la patrie et de nos libertés ?
Ah ! déjà ton courage a connu sa puissance ;
Et sa fureur, plus d'une fois,
A su livrer ton innocence
*Aux fers dont on pare les lois.*

Mais que dis-je ! ces fers, ils m'attendent peut-être ;

Car le monstre odieux nous a tous menacés ;
   Le disciple comme le maître
Se verront réunis dans ses liens glacés ;
    Il suffit, pour s'en rendre digne,
    D'aimer la patrie et ses droits,
Et sa lâche fureur étouffera la voix
Du faible passereau comme celle du cygne.
Pour mon noble pays, dont il voudrait ternir
    La liberté, les lois, l'histoire,

J'avais conçu pourtant un plus doux avenir.
Mon espoir quelquefois y répandit la gloire,
Et crut y découvrir ces tableaux de victoire
Dont la morte splendeur n'est plus qu'un souvenir ;
Mais, plus tard, j'écartai cette image flatteuse,
Et, modeste en mes vœux, que je plaçai plus bas,
Je rêvai seulement (que ne rêve-t-on pas !)
Que la France était libre et qu'elle était heureuse.

Était-ce trop ? — Hélas ! j'oubliais ses malheurs,
J'oubliais cette ligue à sa perte acharnée,
Qui voudrait, à son char la sentant enchaînée,
Triompher de sa chute et rire de ses pleurs ;
Puis, sous un joug honteux, avilie, haletante,
Veuve de ses honneurs pour jamais effacés,
    L'ensevelir, tout expirante,
    Dans la poudre des temps passés.

Béranger ! à l'aspect de la France épuisée,
Alors, tu gémirais sur ta lyre brisée,
Et, comme le pouvoir ne peut te pardonner,
    Il ne resterait dans nos villes,
Que des serfs, pour te plaindre en regrets inutiles,
    Et des tyrans pour t'enchaîner !

Avant ce temps cruel dont j'aperçois l'aurore,

Avant que notre voix, hélas! t'implore en vain,
    Des chants, ô poëte divin!
    La France t'en demande encore!
Ce noir présage, alors, fuira loin de nos cœurs;
    Bercés dans un songe de gloire,
Ainsi qu'aux temps passés, nous nous croirons vainqueurs,
Et pour un avenir nous prendrons leur mémoire.


Mais non; craignons plutôt d'endormir nos esprits
    Sur les dangers qui nous menacent:
    Que d'autres images se placent
    Dans tes énergiques écrits!
Que devant nous, surpris en sa marche perfide,
Le crime comparaisse, hypocrite et livide;
Qu'à l'aspect effrayant de ses sombres projets
    Dans tous les cœurs vraiment français
    Le patriotisme s'éveille!
Qu'on s'écrie: *Il est temps! il est temps!* Et, tout bas,
Que la voix du *sergent* murmure à notre oreille
Ces mots: *Dieu. mes enfants, vous garde un beau trépas!*

# PROLOGUE

Je ne suis plus enfant : trop longs pour mon envie,
Déjà dix-sept printemps ont passé dans ma vie:
Je possède une lyre, et cependant mes mains
N'en tirent dès longtemps que des sons incertains.
Oh ! quand viendra le jour où, libre de sa chaîne,
Mon cœur ne verra plus la gloire, son amour,
Aux songes de la nuit se montrer incertaine,
Pour s'enfuir comme une ombre aux premiers feux du jour !

J'étais bien jeune encor quand la France abattue
Vit de son propre sang ses lauriers se couvrir ;
Deux fois de son héros la main lasse et vaincue
Avait brisé le sceptre en voulant le saisir.
Ces maux sont déjà loin : cependant, sous des chaînes,
Nous pleurâmes longtemps notre honneur outragé ;
L'empreinte en est restée, et l'on voit dans nos plaines
Un sang qui fume encore... et qui n'est pas vengé !

Ces tableaux de splendeur, ces souvenirs sublimes,
J'ai vu des jours fatals en rouler les débris,
Dans leur course sanglante entraîner des victimes,
Et de flots étrangers inonder mon pays.
Je suis resté muet ; car la voix d'un génie

Ne m'avait pas encore inspiré des concerts ;
Mon âme de la lyre ignorait l'harmonie,
Et ses plaisirs si doux, et ses chagrins amers.

Ne reprochez donc pas à mes chants, à mes larmes,
De descendre trop tard sur des débris glacés,
De ramener les cœurs à d'illustres alarmes,
Et d'appeler des jours déjà presque effacés ;
Car la source des pleurs en moi n'est point tarie,
Car mon premier accord dut être à la patrie ;
Heureux si je pouvais exprimer par mes vers
La fierté qui m'anime en songeant à ses gloires,
Le plaisir que je sens en chantant ses victoires,
La douleur que j'éprouve en pleurant ses revers !

Oui, j'aime mon pays ; dès ma plus tendre enfance,
Je chérissais déjà la splendeur de la France ;
De nos aigles vainqueurs j'admirais les soutiens ;
De loin j'applaudissais à leur marche éclatante,
Et ma voix épelait la page triomphante
Qui comptait leurs exploits à mes concitoyens.

Mais bientôt, aigle, empire, on vit tout disparaître !
Ces temps ne vivent plus que dans le souvenir ;
L'histoire seule, un jour, trop faiblement peut-être,
En dira la merveille aux siècles à venir.
C'est alors qu'on verra dans ses lignes sanglantes
Les actions des preux s'éveiller rayonnantes...
Puis des tableaux de mort les suivront, et nos fils,
Voyant tant de lauriers flétris par des esclaves,
Demanderont comment tous ces bras avilis
Purent, en un seul jour, dompter des cœurs si braves.

Oh ! si la lyre encore a des accents nouveaux,
Si sa mâle harmonie appartient à l'histoire,

Consacrons-en les sons à célébrer la gloire,
A déplorer le sort fatal à nos héros !
Qu'ils y puissent revivre, et, si la terre avide
Donna seule à leurs corps une couche livide,
Élevons un trophée où manquent des tombeaux !

Oui, malgré la douleur que sa mémoire inspire,
Et malgré tous les maux dont son cœur fut rempli,
Ce temps seul peut encore animer une lyre ;
L'aigle était renversé, mais non pas avili ;
Alors, du sort jaloux s'il succombait victime,
Le brave à la victoire égalait son trépas,
Quand, foudroyé d'en haut, suspendu sur l'abîme,
Son front mort s'inclinait,.. et ne s'abaissait pas !

Depuis que rien de grand ne passe, ou ne s'apprête,
Que la gloire a fait place à des jours plus obscurs,
Qui pourrait désormais inspirer le poëte
Et lui prêter des chants dignes des temps futurs ?
Tout a changé depuis, ô France infortunée !
Ton orgueil est passé, ton courage abattu !
De tes anciens guerriers la vie abandonnée
S'épuise sans combats et languit sans vertu !
Sur ton sort malheureux c'est en vain qu'on soupire.
On fait à tes enfants un crime de leurs pleurs,
Et le pâle flambeau qui conduit aux honneurs
S'allume à ce bûcher, où la patrie expire.

Oh ! si le vers craintif de ma plume sorti,
Ou si l'expression qu'en tremblant j'ai tracée,
Osaient, indépendants, répondre à ma pensée,
Et palpiter du feu qu'en moi j'ai ressenti...
Combien je serais fier de démasquer le crime,
Dont grandit chaque jour le pouvoir colossal,
D'affronter nos Séjans sur leur char triomphal !...

Mais on dit que bientôt, à leur voix étouffée,
Ma faible muse, hélas! s'éteindra pour toujours,
Et que mon luth brisé grossira le trophée
Dressé par la bassesse aux idoles des cours...

Qu'avant ce jour encor sous mes doigts il s'anime!
Qu'il aille, frémissant d'un accord plus sublime,
Dans les cœurs des Français un instant réchauffer
Cette voix de l'honneur, trop longtemps endormie,
Que, dociles aux vœux d'une ligue ennemie,
L'intérêt ou la crainte y voudraient étouffer!

# LA VICTOIRE

## I

Au sein des vastes mers, un aride rivage
Contre qui vient mugir la colère des flots,
Se hérisse de rocs, effroi des matelots,..
Du Corse belliqueux c'est le réduit sauvage;
Là, naguère, le sort, allumant un flambeau,
Du bord presque ignoré consacra la mémoire;
       C'est là qu'un jour on vit la Gloire
       Apparaître auprès d'un berceau.


C'était un jeune enfant; D'une illustre naissance
Rien à l'entour de lui n'annonçait l'opulence.
Il sommeillait tranquille, et l'arrêt du Destin
N'avait point déposé dans sa tremblante main
Le facile pouvoir d'un sceptre héréditaire;
Rien qui d'un roi naissant annonçât la splendeur
N'environnait sa couche, où veillait une mère...
Rien!... L'avenir tout seul contenait sa grandeur!


La déesse, aux regards de la mère étonnée,
Déroula de son fils toute la destinée,

Et, parmi des brouillards obscurs,
Lui montra, sur d'autres rivages,
Des fêtes, des combats, vaporeuses images
Qui dévoilaient les temps futurs.
Ses avides regards étaient fixés encore,
Quand le divin tableau tout à coup s'évapore;
Puis un funèbre son retentit alentour....
Elle écoute...; Ses yeux se remplissent de larmes..
C'était le bruit d'un salut d'armes,
Et le roulement du tambour!


## II


Qu'il fut doux le premier sourire
De la tardive Liberté!
L'homme accueillit avec délire
Sa naissante divinité.
Alors, dans le transport d'une joie unanime,
Aux rayons d'un nouveau soleil,
La France s'éveilla comme d'un long sommeil.
Ce fut un rêve encor, mais il était sublime!

Que ce moment fut beau! que du peuple français
L'espérance fut noble et fière!
Qu'il fut prompt à saisir cette pure lumière,
Qui de ses yeux bientôt disparut pour jamais!..
Alors, on vit surgir un plus sombre génie;
Alors, on entendit tout un peuple en courroux
Crier : « Mort à la tyrannie!
Les grands ne semblent grands qu'aux hommes à genoux!
Levons-nous! »

La carrière des camps s'ouvrit brillante encore;
Sortant de leur obscurité,

D'héroïques talents s'empressèrent d'éclore
      A la voix de la Liberté;
Mais, puissante au dehors, la Patrie, égarée,
Par ses fils au dedans se sentait déchirée;
Insigne révéré d'une fausse grandeur,
Un trône à tous les yeux étalait sa splendeur...
      Mais, sous la pourpre impériale,
Des chaînes à ses mains imprimaient leur affront,
      Et la couronne triomphale
Cachait les maux sanglants qui dévoraient son front.


      La licence usurpa la place
      De la divine Liberté;
      Émerveillés de sa beauté,
      Les hommes marchaient sur sa trace...
      Mais ses sourires séducteurs
      Cachaient des piéges homicides,
      Et ses embrassements perfides
      Étouffaient ses adorateurs.


### III


Un régime nouveau, favorable à la France,
A ses fils désolés ramena l'espérance,
      Sans ramener la liberté.
Cependant d'un tyran la tête abominable
Teignit aussi de sang l'échafaud redoutable
Que ses proscriptions avaient alimenté!


A peine revenu de ces horreurs profondes,
Le vaisseau de l'État voguait au gré des ondes,
Et, privé de pilote, abaissant son orgueil,
Flottait de gouffre en gouffre, et d'écueil en écueil.
Un grand homme paraît; il commande à l'orage,

Des passagers surpris ranime le courage,
Et tous ceux qu'il arrache aux destins irrités,
Pour prix de leur salut, cèdent leurs libertés.

Brisant ces libertés, qui n'étaient plus qu'un rêve,
Sur le sceptre conquis il dépose son glaive;
La France à lui s'enchaîne et grandit sous sa loi;
  Ainsi, jadis, aux bords du Tibre,
Il fallait des Brutus avec le peuple libre,
Il fallut un César avec le peuple roi.

Mais César se croit dieu, car il voit qu'on l'adore;
Au point le plus sublime il est trop bas encore;
Il se trouve à l'étroit dans ses vastes États,
Et, pour laisser régner sa grandeur solitaire,
  Il voudrait étreindre la terre...
  Dût-elle éclater sous ses bras!

Pour parvenir au but où son orgueil aspire,
Pour couvrir l'attentat fait à la liberté,
  Sur une autre divinité
Il concentre l'amour des Français en délire.
  Aux sons du clairon belliqueux,
  Ils accourent sous ses bannières;
  Partout ils vont, audacieux,
  Briguer ses faveurs meurtrières;
  Car, pour prix d'un noble trépas,
  Elle leur offre de la gloire...
  C'est Bellone, c'est la Victoire,
  C'est la déesse des combats!

### IV

La voyez-vous sans cesse, animant leurs cohortes,
Avec ses ailes d'or, sur leurs pas s'élancer,

Des cités leur ouvrir les portes,
Et, comme la terreur, souvent les devancer?
A leurs regards charmés, oh! qu'elle est douce et belle!
  Elle a des prix pour leurs exploits;
  La flamme en ses yeux étincelle,
  Et ses yeux dévorent les rois!


  Napoléon, dont le courage
  Sut la fixer à ses drapeaux,
  Victorieux sur un rivage,
  Vole à des rivages nouveaux;
  Image du dieu de la guerre,
Sa force et son ardeur grandissent sous les yeux;
Il marche, et tout s'enfuit; son pied frappe la terre,
Qui vomit des guerriers sous ses pas belliqueux;
  C'est son œil qui lance la foudre,
  Son bras qui fait briller l'acier,
  Et son aigle arrache à la poudre
  Le rameau sanglant du laurier.


Oh! qui pourra chanter ses conquêtes rapides?
Qui pourra consacrer des accords assez beaux
  A ses actions intrépides,
  A ses exploits toujours nouveaux?...
Où sont ces ennemis qui, vainqueurs en idée,
Se partageaient la France en espoir dégradée?...
Demandez-en les noms à la nuit des tombeaux!


V


Les Alpes... ne sont plus! l'Italie... est vaincue!
Le Brennus colossal est dans Rome abattue!
La balance d'airain, qu'un glaive a fait baisser,
Reçoit l'or qu'en son sein versent des mains dociles;

Car elle n'a plus de Camilles
Assez forts pour la renverser!

Égypte! c'est l'Égypte! — Et des bras intrépides
Ont conquis ces climats brûlants,
Et le sang des fiers musulmans
Engraisse les sables arides;
De nos soldats vainqueurs les déserts sont peuplés...
Quarante siècles assemblés
Les contemplent des Pyramides!

Que dirai-je de plus?... Tout a subi nos lois!...
Les discordes partout languissent étouffées;
Nos guerriers ont bravé les chaleurs et les froids,
Partout ils ont jeté de superbes trophées,
Et l'avenir s'effraye en contant leurs exploits.

## VI

Comme, au soleil couchant, cette ville étincelle!
De ses grands monuments que la structure est belle!
L'or fait briller au loin les toits de ses palais...
C'est Moscou! c'est Moscou! — France, encor de la gloire!
C'est le plus beau de tes succès!
C'est Moscou! quelle page attachée à l'histoire!
Que d'immortalité dans ce cri de victoire!

# LE NORD

## I

Arrête, esprit sublime ! arrête !
Du sort crains de braver les lois !
Dieu, qui commande à la tempête,
L'agite sur le front des rois ;
Son bras pourra réduire en poudre
Ton laurier qu'on croit immortel...
Et tu t'approches de la foudre
En t'élançant aux champs du ciel.

Silence ! La nuit veille encore ;
Les arrêts du Destin ne sont pas révolus ;
Mais à l'ombre qui fuit succédera l'aurore...
Et celle d'Austerlitz ne reparaîtra plus !

Dans le palais des czars, Napoléon repose...
Sans doute un songe heureux, sur ses ailes de rose,
D'héroïques tableaux vient bercer son espoir...
Il est là, dans Moscou soumis à son pouvoir !...
Mais ce n'est pas assez ; quand pour lui tout conspire,
Quand d'un nouvel éclat tout son astre a relui,
Un destin plus brillant a de quoi le séduire...

Cet empire dompté... Qu'ai-je dit? Un empire !
Le monde entier, le monde... et c'est bien peu pour lui.


## II


Mais, qu'il rêve d'éclat, qu'il rêve de conquête,
Il ne dormira plus d'un semblable sommeil ;
Près du chevet royal où repose sa tête,
Le Malheur est debout et l'attend au réveil !


Le Malheur ! il grandit à la faveur de l'ombre ;
Bientôt le sol gémit sous ce colosse affreux,
Son œil rouge étincelle au sein de la nuit sombre,
        Et, sur son front cadavéreux
        Qu'un sanglant nuage environne,
Brille de longs éclairs une horrible couronne.
Il vomit l'incendie ; aux traces de ses pas,
        De sang noir un fleuve bouillonne,
Et ses bras sont chargés de neige et de frimas.


Il s'élance. — On s'éveille, on voit,.. on doute encore !
D'un premier jour de deuil épouvantable aurore,
Quelle clarté soudaine a frappé tous les yeux ?
La flamme à longs replis s'élance vers les cieux,
Gronde, s'étend, s'agite, environne et dévore.
Oh ! de quelle stupeur Bonaparte est frappé,
Quand devant lui Moscou s'écroule, enveloppé
De l'incendie affreux que chaque instant rallume !
Qu'un triste sentiment doit alors l'émouvoir !...
C'est son triomphe, hélas ! ses projets, son espoir,
Qu'emporte la fumée, et que le feu consume !

## III

Son front s'est incliné; d'un brillant souvenir
Il veut en vain flatter sa pensée incertaine...
Mais le passé n'est plus qu'une image lointaine
     Qui s'abîme dans l'avenir !
Peut-être d'autres temps lui présentaient naguères
Du pouvoir des humains les splendeurs passagères,
Des sceptres, des bandeaux, sublimes attributs...
Hélas ! au jour du deuil, tout souvenir s'efface ;
Quand l'avenir est là qui gronde, qui menace,
L'image du bonheur n'est qu'un tourment de plus !

Cet avenir, ô France ! ô ma noble patrie !
Toute sa profondeur bientôt se déroula.
Quelle est la nation qui n'en fut attendrie ?
     Quel est l'homme qui n'en trembla ?
Et tel fut le destin dont tu tombas victime,
Que l'on ignore encor si, du fond de l'abîme,
Jalouse de ta gloire et croyant la ternir,
La haine de l'Enfer amoncela l'orage...
Ou du trop de grandeur dont tu fis ton partage
Si l'équité du Ciel prétendit te punir !

## IV

    Dans cette héroïque retraite,
Qui des guerriers français a moissonné la fleur,
    L'Enfer ou le Ciel fut vainqueur...
Mais nul pouvoir humain n'eut part à la défaite.
C'est en vain que du Nord les hideux bataillons,
    Palpitants d'une horrible joie,

Fondaient sur les mourants en épais tourbillons,
        Comme des corbeaux sur leur proie...
Ardents, ils s'élançaient; mais, au bruit de leurs pas,
        De quelque arme usée ou grossière,
L'agonie un instant armait son faible bras,
Par un dernier effort s'arrachait à la terre.
            Que de morts elle allait couvrir !
            Et, dans cette couche guerrière,
            Exhalait le dernier soupir !


O gloire ! à cet aspect de la mort ranimée,
Des preux, dont le trépas semble encor menacer,
L'ennemi dans ses rangs vient de laisser passer
        Les lambeaux de la Grande Armée.
Tant qu'il reste des bras pour soutenir son poids,
La bannière voltige à l'entour de sa lance;
L'aigle triomphateur dans les airs se balance,
Et sa menace encor fait tressaillir les rois !
O Russes ! déjà fiers des triomphes faciles
            Que votre espoir s'était promis,
            Il ose à vos regards surpris
Passer, toujours debout, sur ses appuis mobiles !
Mais, hélas ! contre lui si vos efforts sont vains,
Bientôt votre élément vengera votre injure;
Rassurez-vous : celui qui vainquit les humains
            Est sans pouvoir sur la nature !


### V


Eh bien, c'en est donc fait ! Nos compagnons sont morts !
Ils dorment aux déserts de la froide Russie.
La neige des hivers sur eux s'est épaissie,
Et, comme un grand linceul, enveloppe leurs corps !
Bien peu furent sauvés; mais combien la patrie

Dut réveiller d'amour en leur âme attendrie !
Ils avaient vu sur eux tant de ciels étrangers,
Supporté tant de maux, couru tant de dangers,
Qu'ils durent bien sentir, en revoyant la France,
Si la terre natale est douce après l'absence !...
Mais leur enchantement fut bientôt dissipé :
La haine, la discorde, agitaient nos provinces ;
D'autres temps en nos murs amenaient d'autres princes,
Et le présent payait les dettes du passé.

# FONTAINEBLEAU

O mes concitoyens ! que notre histoire est belle !
De quels récits brillants elle enivre nos cœurs !
Que de fois elle y va, par ses accents vainqueurs,
D'un courage endormi réveiller l'étincelle !
Dans ses feuillets brûlants si l'œil erre parfois,
Un charme impérieux de plus en plus l'engage,
      Et l'entraîne de page en page,
De triomphe en triomphe et d'exploits en exploits.
On ne respire plus ; la paupière attendrie
      Roule une larme de plaisir,
Et, plein du noble orgueil qui vient de le saisir,
Tout le Français palpite et dit : « C'est ma patrie ! »


Mais plus on fut sensible à ses honneurs passés,
Plus du revers qui suit la lecture est amère ;
Plus on gémit de voir ses beaux jours effacés,
Et ses aigles sacrés traînés dans la poussière,
Que l'on maudit alors les citoyens ingrats
      Qui trafiquèrent de ses larmes !

Car, en ce temps, l'honneur ne quitta point ses armes,
Et son abaissement ne la dégrada pas;
Non, ses mourants efforts, consignés dans l'histoire,
        Y brilleront d'assez d'éclat
Pour lui recomposer une nouvelle gloire,
Mais, pour les hommes vils qui vendirent l'État,
Clio gardera-t-elle une page assez noire?
        Ah ! si du dernier scélérat
Dans ses tableaux vengeurs la place est assignée,
Plus bas, plus bas encor, qu'elle ose les placer;
Et, quel que soit leur rang, que la page indiquée
Ne reçoive leurs noms que pour les dénoncer !


## II


Oui, sans la trahison de ces hommes perfides,
Qui par l'or des tyrans, depuis longtemps soumis,
Livrèrent, sans combats, au joug des ennemis
        Leurs concitoyens intrépides,
Contre nos légions en vain les potentats
Eussent amoncelé des millions de soldats...
Loin des nobles remparts promis à la vengeance,
On eût vu, sans honneur, s'éloigner leurs drapeaux,
Ou leur barbare espoir n'eût conquis dans la France
        Que des prisons et des tombeaux.


        Infructueux efforts des braves
Coups d'un bras affaibli dont le glaive est brisé !
Derniers élancements d'un courage épuisé
        Qui se débat dans les entraves !...
Que pouviez-vous, hélas ! contre le sort cruel,
Quand il eut prononcé son arrêt inflexible ?...

La chute est belle, mais terrible,
Pour celui qui tombe du ciel.


O Français ! cette lutte avec la destinée
Conserve cependant votre honneur tout entier ;
    Et plus d'une grande journée
Vint joindre à des cyprès un éclatant laurier ;
    Jamais en vos jours de victoire
Il n'eût été si noble et si bien mérité...
    Tant votre défaite eut de gloire,
    Votre chute de majesté !


### III


Mais silence ! silence ! une imposante image
    Se déroule devant nos yeux ;
L'aigle national, précipité des cieux,
    Se débat au sein de l'orage,
    Frappé d'un trait empoisonné ;
    Bientôt il roule dans la poudre.
    A son ongle échappe la foudre,
    Et son front s'est découronné.


Ne cherchez plus aux cieux le héros que naguère
Le sort intronisa roi des rois de la terre,
Ce sceptre colossal est tombé de ses mains,
Et l'on ne verra plus, au signal qu'il leur donne,
    Se prosterner devant son trône
    Toute une cour de souverains.


C'est en vain qu'il menace et qu'il résiste encore,
Sa grandeur a passé comme un vain météore,

Comme un son qui dans l'air a longtemps éclaté ;
Peut-être que ce bruit de la puissance humaine
Avait frappé l'écho d'une rive lointaine ;
　　　Mais les vents ont tout emporté !

Il est temps ! il est temps ! jetez des cris d'ivresse,
　　　Rois qui rampiez à ses genoux ;
　　　Vengez-vous de votre bassesse
　　　En le rabaissant jusqu'à vous !
Il s'est livré lui-même à la fureur commune ;
Osez le déchirer, car il est sans appui ;
Et les lâches flatteurs qui grandirent sous lui
　　　L'ont renié dans l'infortune !

## IV

Napoléon frémit, mais n'est point abattu...
Car qui peut imposer de borne à l'espérance ?
Il croit à sa fortune, il croit à la vengeance ;
Et de mille pensers son cœur est combattu.
Il semble cependant qu'une plus vive flamme
Rallume son courage au milieu des revers,
Et que l'adversité qui frappe sur son âme
　　　En ait fait jaillir des éclairs.
« Amis, dit-il, un jour viendra pour la vengeance :
Puisque la trahison la livre à ses tyrans,
　　　Craignons de déchirer la France
　　　En la défendant plus longtemps.
A notre épuisement, qu'on croit une défaite,
L'Italie offre encore une noble retraite ;
Qu'on m'y suive, et bientôt... »

Il n'a point achevé,
Car, au lieu d'enflammer, il ne fait que confondre ;
Et, dans tous les regards, qui craignent de répondre,
Son œil cherchait l'espoir et ne l'a pas trouvé.


Infidèle à sa gloire, en un moment flétrie,
Un guerrier a livré son maître et sa patrie ;
On l'apprend... Aussitôt tout est muet, glacé ;
Soit découragement, soit trahison, soit crainte,
Par un souffle de mort la valeur semble éteinte,
Et dans des cœurs français l'honneur semble effacé.
Que peut Napoléon, si rien ne le seconde ?
Partout abandonné, paralysé, trahi,
Il voit que c'en est fait, que son règne est fini,
Et, d'un seul trait de plume, il abdique le monde !


V


Le héros va partir ; mais il cherche des yeux
Quels seront les objets de ses derniers adieux.
Exilé loin d'un fils, d'une épouse qu'il aime,
Serait-il sans parents, comme sans diadème ?
Non ; près de lui restés, quelques braves soldats
Pour la dernière fois se pressent sur ses pas.
Ces preux, feuillets vivants d'une héroïque histoire,
Semblent représenter tout un siècle de gloire ;
Et, de mille combats magnanimes débris,
Sur leur corps mutilés les porter tous écrits.
Les voilà, ses parents ! la voilà, sa famille !
Une larme muette en leurs yeux roule et brille ;
Tous leurs fronts sont levés, tous leurs bras étendus
Vers celui que sans doute ils ne reverront plus...

4.

Touché de leur douleur, que lui-même il partage,
Napoléon s'arrête et leur tient ce langage :

« Soldats ! cédant aux coups du sort victorieux,
J'abandonne l'empire et vous fais mes adieux.
J'ai guidé vos drapeaux aux champs de la victoire...
M'avez-vous secondé ?... J'en appelle à l'histoire !
Mais ces temps ne sont plus, et, trahissant leur foi,
Tous les rois, mes sujets, ont armé contre moi.
Les Français aux tyrans sont livrés par des traîtres,
Et même quelques-uns veulent de nouveaux maîtres.
Longtemps peut-être encor je pouvais, avec vous,
Des destins conjurés balancer le courroux...
Mais la France eût souffert et je lui sacrifie
Ma couronne, ma gloire, et, s'il le faut, ma vie !
Son bonheur est le mien... Je pars ; vous, mes amis,
Au monarque nouveau demeurez tous soumis.
Ne plaignez pas mon sort ; loin des honneurs suprêmes,
Je pourrai vivre heureux, si vous l'êtes vous-mêmes.
Mes ennemis diront que j'aurais dû mourir ;
Mais il est d'un grand cœur de savoir tout souffrir...
D'ailleurs, je puis encore attendre quelque gloire :
J'eus part à vos hauts faits, j'en écrirai l'histoire.

» Je voudrais sur mon cœur pouvoir vous presser tous...
Votre aigle est près de moi : je l'embrasse pour vous.
Aigle ! de nos exploits sublime spectatrice,
Que dans tout l'avenir ce baiser retentisse !
Vous, ne m'oubliez pas, voilà mon dernier vœu...
Mes amis, mes enfants ! et toi, mon aigle !... adieu ! »

## VI

Tous les soldats, debout, gémissaient sur leurs armes ;
Le héros se dérobe à leurs cris, à leurs larmes.
Ce spectacle touchant, ces sublimes douleurs,
Aux étrangers présents ont arraché des pleurs.
O tableau déchirant ! ô regret magnanime !
Celui qui vous causa fut-il le dieu du crime ?
Français, fut-il un monstre au mal seul empressé ?
Fut-il... ? Mais il suffit : vos pleurs ont prononcé !

# L'ILE D'ELBE

Non loin des rivages de France,
Il est une île au sein des mers ;
C'est là que veille l'espérance
Et le fléau de l'univers,
Et c'est là qu'abusant du droit de la victoire,
On jeta le héros poudreux et renversé,
Pour l'y laisser vieillir comme un glaive émoussé,
Qui se ronge dans l'ombre, et se rouille sans gloire.

Pourtant à l'exilé la rigueur du destin
N'a point encor ravi l'aspect de la patrie,
Et souvent à ses yeux une rive chérie
Se dessine incertaine à l'horizon lointain.

Aussi, lorsque du soir descend l'heure rêveuse,
Il promène ses pas près des flots azurés,
        Et sa pensée aventureuse
Voltige avec ardeur vers ces bords désirés.

Mais, un jour que ses yeux rayonnants d'espérance,
Avec plus de transport dirigés vers la France,
En cherchaient l'ombre vague au bout de l'horizon,
D'un sifflement lugubre environnant sa tête,

Une voix lui cria du ton de la tempête :
    « Napoléon ! Napoléon ! »

Cette exclamation, pour tout autre effrayante,
A retenti trois fois. Le héros, étonné,
        L'entend ; et, de sa main brûlante,
Soulève, en murmurant, son front découronné.

Et la voix ironique a repris la parole :
« Napoléon *le Grand*, qui t'arrête en ce lieu ?
        Qu'as-tu fait de cette auréole
Qui brillait à ton front comme à celui d'un dieu ?
Pourquoi donc par le temps laisser ronger tes armes ?
Pourquoi laisser couler ton âme dans les larmes,
Toi qui ne pus jamais comprendre le repos ?
N'as-tu donc plus la main qui lance le tonnerre ?
N'as-tu plus le sourcil qui fait trembler la terre ?
N'as-tu plus le regard qui produit les héros ?

» Serait-ce que ton bras se lasse de la guerre,
Ou tes amusements cessent-ils de te plaire ?
        Car, dans tes loisirs d'autrefois,
        Tu jouais avec des couronnes ;
        Et l'univers vit, à ta voix,
        Des rois qui tombaient de leurs trônes,
        Et des soldats qui *passaient* rois.
Depuis.... »

        Napoléon a changé de visage.
« Qui que tu sois, dit-il, cesse un cruel langage ;
Il faut, pour m'outrager, attendre mon trépas.
L'Enfer est contre moi, mais ne prévaudra pas. »
                LA VOIX.
Audacieux mortel ! quelle est ton espérance ?
Ta main paralysée abdiqua la puissance ;

Songes-tu, maintenant ?...

NAPOLÉON.

Pourquoi dissimuler ?
Au bruit de mon réveil, l'univers peut trembler !

LA VOIX.

L'univers ? Il rirait de ta vaine menace.

NAPOLÉON.

Le succès, je l'espère, absoudra mon audace ;
Et tel événement, en servant mes projets,
Peut me placer plus haut que je ne fus jamais.

LA VOIX.

Eh ! si toujours ton cœur à la couronne aspire,
Si c'est par lâcheté que tu quittas l'empire,
Honte à toi !...

NAPOLÉON.

Non ; plutôt honte à mes ennemis !
Car ils n'ont pas tenu ce qu'ils avaient promis.
Par l'abdication de toute ma puissance,
Je croyais épargner des malheurs à la France ;
Mais j'eus tort seulement de compter sur leur foi,
Et le cri de mon peuple est venu jusqu'à moi ;
Mon œil a vu, d'ici, sa profonde misère,
Ses triomphes livrés à l'envie étrangère,
Ses monuments détruits et ses champs dévastés,
La discorde, la haine agitant ses cités,
La trahison...

LA VOIX.

Pour lui, que pourrait la faiblesse ?
Jadis il imposait la chaîne qui le blesse ;
On lui rend, maintenant, les maux qu'on a soufferts...
Crains donc de le défendre, et laisse-lui ses fers !

NAPOLÉON. Il paraît absorbé et réfléchit profondément.

Crainte, repos,... enfer de toute âme brûlante,
Victime d'une injuste loi,
Le père des humains tourne sa vue ardente

Vers le séjour dont il fut roi ;]
Il voudrait, pénétrant dans l'enceinte sacrée,
Ressaisir son pouvoir, en dépit des destins ;
Mais un géant veille à l'entrée,
Et la foudre luit dans ses mains.
La foudre, le géant, qui d'une âme timide
Paralysent les faibles pas,
Ne sont rien pour l'homme intrépide
Dont l'esclavage est le trépas.
Le péril qui l'attend, s'il veut briser sa chaîne,
Ne fait, en l'indignant, qu'aiguillonner son cœur,
Qu'importe que la mort du vaincu soit la peine,
Si le sceptre est la gloire et le prix du vainqueur ?


» Bien plus : de son courage, ou bien de sa vengeance,
Si déjà tout un peuple attend sa délivrance,
Un noble sentiment par l'honneur inspiré
L'appelle vers ceux qu'on opprime ;...
Alors, hésiter est un crime,
Oser est un devoir sacré!


» Par l'oubli des traités, on a brisé ma chaîne ;
On menace, en ces lieux, mes jours, ma liberté ;
C'est du sang qu'il faudra : le sort en est jeté.
Ah! mon âme en frémit,... mais n'est point incertaine.
L'imprudent qui m'a remplacé
Aux Français opprimés a dit, pour qu'on le craigne :
« Peuples, prosternez-vous! Je suis roi, car je règne;
» Votre empereur est renversé! »


» Oui, j'abdiquai l'empire, il en a l'avantage ;
Mais je n'ai point de même abdiqué mon courage.
En siégeant à ma place, il a compté sans moi...
Car, détrônant l'espoir où son orgueil se fonde,

A mon tour, je vais dire au monde :
« Je suis vivant; donc, je suis roi! »

LA VOIX.

Alors, ta royauté sera bien éphémère,
Car la mort doit répondre à tes prétentions;
Et tu verras tomber ton glaive et ton tonnerre
    Sous le glaive des nations.
Mais, que dis-je! la mort n'est rien à ton courage!
Le feu d'un grand dessein dévore ton effroi;
A ta présomption qu'importe un noir présage?
Tout ton destin t'enchaîne, et tu n'es plus à toi!

NAPOLÉON.

Le destin m'appartient, et moi-même à la France;
C'est pour son bonheur seul que j'emploierai toujours
    Mon glaive, mes vœux, ma vengeance,
    Et ce qui reste de mes jours.
Va, quoique ta menace ait annoncé l'orage,
Une barque m'attend, et tout est décidé...
Mille peuples en vain veillent sur mon passage :
Six cents Français et moi, — l'équilibre est gardé!
Mais, toi pour qui, dis-tu, l'avenir se révèle,
Toi dont la prophétie est pour moi si cruelle,
Quel est ton nom? Viens-tu des cieux ou des enfers?

LA VOIX.

Tu le sauras un jour; vas où le sort t'appelle.
    Je t'attends au delà des mers!

# SAINTE-HÉLÈNE

Au milieu de la mer qui sépare deux mondes,
Un rocher presque nu s'élève sur les ondes,
Et son sinistre aspect remplit l'âme de deuil.
C'est là que tant de gloire est,par la mort frappée;
Et l'on y voit un nom, une croix, une épée...
      Tous trois jetés sur un cercueil!

Ce nom pourra longtemps résonner dans l'histoire,
Car naguère, semblable au bronze des combats,
Qui marque tour à tour un triomphe, un trépas,
Il annonça la mort, ainsi que la victoire.
Dès qu'il retentissait comme un signal lointain,
L'un frémissait de crainte, et l'autre de courage;
Et les mères pressaient leurs enfants sur leur sein!

La croix, tant qu'il vécut, fut l'étoile des braves;
      C'était par ses nobles entraves
      Qu'il s'attachait des défenseurs;
Elle rendit la France en grands hommes féconde;
Et, quand elle éclatait au ciel et sur les cœurs,
Dans ce nouveau soleil qu'il jeta sur le monde,
      L'œil put distinguer trois couleurs.

La voilà, cette illustre épée
Qui fit le sort de cent combats :
Que de fois dans le sang sa lame fut trempée !
Qu'elle a moissonné de soldats !
Le bras qui la portait fit un vaste ravage;
Elle se reposa quand son bras fut lassé!...
Mais l'avide vautour qu'attire le carnage,
Sait dans quels lieux elle a passé !


. . . . . . . . . . . .


Maintenant qu'il n'est plus, le fils de la Victoire,
Cessez, faibles mortels, d'outrager sa mémoire;
Relevez ses lauriers trop longtemps avilis;
Puisque de ses revers il a porté la peine,
Oubliez les erreurs du serf de Sainte-Hélène,
En songeant aux exploits du héros d'Austerlitz !
Il ne doit qu'à Dieu seul le compte de sa vie;
Qui sait s'il ne fut pas plein de la seule envie
D'attacher des lauriers à nos fiers étendards;
Si ce n'est pas pour nous qu'il conquit la victoire,
Et s'il ne rêva pas, au milieu des hasards,
La gloire de la France, et non sa propre gloire?


On dit qu'il fit le mal; mais les cruels destins
Permettent-ils toujours le bien à la puissance?
Qu'on a vu de ces rois, maudits par les humains,
A qui le sort jaloux défendit la clémence !
Souvent les noirs complots de quelques courtisans
Font le crime d'un prince et l'effroi de la terre.
Rois, chassez de vos cœurs ces monstres malfaisants;
Il suffit d'un Séjan pour former un Tibère.


Eh ! quels rois bienfaiteurs n'a-t-il pas effacés?
Que n'a-t-il pas tenté pour l'honneur de la France?

A quel degré sublime il porta sa puissance !
C'est par lui qu'elle a vu ses vainqueurs repoussés,
Que ses armes partout ont porté sa mémoire,
Que, des climats brûlants jusqu'aux climats glacés,
Le nom de chaque plaine est un nom de victoire !

Trop heureux s'il n'eût point passé le Rubicon !...
Maintenant, il est là ! — Que dis-je ? Si la terre
Ne garde ici de lui qu'une vaine poussière,
A peine l'univers peut contenir son nom !
Et ce nom, qui grondait à l'égal du tonnerre,
Est sur le cœur des rois demeuré comme un plomb ;
Car il fut un de ceux qui méprisent la vie,
Qui, rois de l'avenir, survivent au trépas,
Mortels dignes du ciel, que le ciel nous envie ;
Mortels que la mort frappe... et n'anéantit pas !

. . . . . . . . . . . . .

Ile de l'Océan, salut à ton rivage !
Le monde entier te doit un éternel hommage,
Et les âges futurs un noble souvenir ;
Car les peuples puissants, qui t'ignoraient naguère,
Comme un flot abaissé, rentreront dans la terre ;
Mais, toi, ton nom déjà remplit tout l'avenir !

Salut au noble chef, qui, lassé de combattre,
Déposa sur tes bords le poids de sa grandeur !
Il résista longtemps, mais il se vit abattre
Par ceux qu'il dévorait des feux de sa splendeur ;
Ile de l'Océan, le voilà sans couronne !
Son cercueil est obscur, comme fut son berceau ;
        Tu n'as jamais connu son trône...
        Mais tu possèdes son tombeau !

Son tombeau! Quel est-il? Sous une étroite pierre,
En vain l'on cherche un nom répété tant de fois :
Celui du conquérant qui n'est plus que poussière,
Le nom du dieu mortel, le nom du roi des rois...
    C'est en d'autres pays qu'il gronde,
    Qu'il cause l'espoir ou le deuil...
    Il avait soulevé le monde,
    Il eût soulevé le cercueil !


Les bardes bien longtemps le rediront encore,
Jusqu'à ce qu'un mortel, favorisé des cieux;
    Le chante sur un luth sonore
    Aussi bien qu'on chante les dieux.
    Son travail serait difficile;
Il faudrait qu'au héros le chantre fût égal...
Car Homère n'a point rencontré de rival,
    Et n'avait célébré qu'Achille !

# TALMA

— 1826 —

Moi, je chante la gloire, et non pas la puissance.

CHÉNIER.

Oh ! de quelle splendeur brillaient nos jours passés,
Quand un autre soleil échauffait la patrie ;
Quand nos jeunes lauriers, vers le ciel élancés,
Agitaient noblement leur tige refleurie !
Ces grands jours, déjà loin, ne vont plus s'éveiller ;
　　　Notre avenir se décolore,
Et le siècle prodigue a jeté, dès l'aurore,
　　　Tout l'éclat dont il dut briller.

Sur un rocher désert, notre grand capitaine
Du poids de ses malheurs se sentit accablé ;
Et, comme lui, plus tard, une plage lointaine
　　　Dévora David exilé.

　　　Que de gloire, que d'espérance
　　　On voit s'éteindre chaque jour !
　　　De la couronne de la France,
　　　Que de fleurs tombent sans retour !
　　　Que de mortels de qui l'aurore
　　　Rayonna d'immortalité,

Et dont ce siècle, jeune encore,
Est déjà la postérité !

Un regret plus profond nous a frappés naguère ;
Le modèle du citoyen
De notre liberté le plus digne soutien
Est descendu dans la poussière ?
Mais encore une fois le sol s'est divisé :
C'est une autre fosse qu'on ouvre ;
Près de la terre qui le couvre,
Un nouveau tombeau s'est creusé !

Qu'attend-il ? Quelle autre victime
Doit y descendre, cette fois ?
C'est cet interprète sublime
Qui fit souvent parler les rois.
A sa vue, à ses traits, vers les jours d'un autre âge
L'homme se croyait transporté,
Et, dans sa voix, dans son visage,
Vivait toute l'antiquité.

Héros de la Grèce et de Rome,
O vous, l'honneur des temps passés,
Vous tombez avec le grand homme
Qui vous a si bien retracés.
Il meurt, ce flambeau de la scène
Que longtemps son souffle anima.
Pleurez, amants de Melpomène,
Pleurez Talma ! pleurez Talma !

Ah ! chargez de lauriers la terre enorgueillie :
Des lauriers, des lauriers encor !
Français, la gloire et le génie
Perdent un bien riche trésor !

Qui pourra jamais rendre une telle espérance
　　Aux arts surpris et triomphants?
　　Il faut des siècles à la France
　　Pour produire de tels enfants!

Nous ne l'entendrons plus! — Cet organe sublime
Qui fit si bien parler le courage et le crime,
Et pénétra nos cœurs de sentiments si beaux,
S'est éteint pour jamais dans la nuit des tombeaux!
Nous ne le verrons plus! — C'est en vain qu'au théâtre,
Qu'il remplit si souvent d'une foule idolâtre,
Nous chercherons ce port si plein de majesté,
Cette toge où vivait un air d'antiquité,
Cet œil étincelant d'une si noble flamme,
Ces traits pleins d'énergie, où s'imprimait son âme;
Cet organe brûlant, tant de fois entendu,
Qui traînait après soi notre esprit suspendu...
Plus de Talma! — La scène, à tous les yeux déserte,
D'inutiles acteurs en vain sera couverte;
En vain d'attraits nouveaux on voudra l'embellir;...
Un vide y restera... qui ne peut se remplir.

Écoutez! écoutez! Je crois entendre encore
Les sublimes accents de cette voix sonore.
Ici, Brutus, aux yeux du public transporté,
Parle de la patrie et de la liberté;
Germanicus, trahi, périt avec courage,
Et Régulus s'écrie : « A Carthage! à Carthage! »
Marius et Sylla rappellent, par leurs traits,
Ceux d'un héros plus grand, cher encore aux Français;
Manlius, indigné, contre Rome conspire,
Et César perd la vie en acceptant l'empire.

D'Othello, d'Orosmane, objets de nos terreurs,
Qu'il représente bien les jalouses fureurs!

Que de rage dans leur sourire !
Au fils d'Agamemnon qu'il prête, en son délire,
Une étonnante vérité !
Rien de lui-même en lui ne reste :
Ce n'est plus Talma, c'est Oreste,
C'est Oreste ressuscité !


Et le voilà !... Pour lui, la tombe s'est ouverte,
La France, maintenant, peut mesurer sa perte !
Elle voit son cercueil pour la dernière fois.
Où le placera-t-on ? quelle noble demeure
Garde-t-on pour celui sur qui la France pleure ?
Va-t-il, comme Garrick, dans le tombeau des rois ?
—Non ; le grand homme qui succombe
Est, *dit-on*, digne de l'enfer ;
L'Éternel le réprouve, et l'Église à sa tombe
Refusera ses pleurs, qui se vendent si cher !

# ODE

## I

Le Temps ne surprend pas le sage ;
Mais du Temps le sage se rit,
Car lui seul en connaît l'usage ;
Des plaisirs que Dieu nous offrit,
Il sait embellir l'existence ;
Il sait sourire à l'espérance,
Quand l'espérance lui sourit.

## II

Le bonheur n'est pas dans la gloire,
Dans les fers dorés d'une cour,
Dans les transports de la victoire,
Mais dans la lyre et dans l'amour.
Choisissons une jeune amante,
Un luth qui lui plaise et l'enchante ;
Aimons et chantons tour à tour !

### III

« Illusions ! vaines images !
Nous dirons tes tristes leçons
De ces mortels prétendus sages
Sur qui l'âge étend ses glaçons ;
Le bonheur n'est point sur la terre,
Votre amour n'est qu'une chimère,
Votre lyre n'a que des sons ! »

### IV

Ah ! préférons cette chimère
A leur froide moralité ;
Fuyons leur voix triste et sévère ;
Si le mal est réalité,
Et si le bonheur est un songe,
Fixons les yeux sur le mensonge,
Pour ne pas voir la vérité.

### V

Aimons au printemps de la vie,
Afin que d'un noir repentir
L'automne ne soit point suivie ;
Ne cherchons pas dans l'avenir
Le bonheur que Dieu nous dispense ;
Quand nous n'aurons plus l'espérance,
Nous garderons le souvenir.

### VI

Jouissons de ce temps rapide
Qui laisse après lui des remords,

Si l'amour, dont l'ardeur nous guide,
N'a d'aussi rapides transports.
Profitons de l'adolescence,
Car la coupe de l'existence
Ne petille que sur les bords !

# LA GLOIRE

Le temps, comme un torrent, roule sur les cités ;
Rien n'échappe à l'effort de ses flots irrités.
En vain quelques vieillards, sur le bord du rivage,
Derniers et seuls débris qui restent d'un autre âge,
Raidissant contre lui leur effort impuissant,
S'attachent, comme un lierre, au siècle renaissant ;
De leurs corps un moment le flot du temps se joue,
Et, sans les détacher, les berce et les secoue ;
Puis bientôt, tout gonflés d'un orgueil criminel,
Les entraîne sans bruit dans l'abîme éternel.

O chimère de l'homme ! ô songe de la vie !
O vaine illusion, d'illusions suivie !
Qu'on parle de grandeur et d'immortalité...
Mortels, pourquoi ces bruits de votre vanité ?
Qu'est-ce ? un roi qui s'éteint, un empire qui tombe ?
Un poids plus ou moins lourd qu'on jette dans la tombe...
A de tels accidents dont l'homme s'est troublé,
Le ciel s'est-il ému, le sol a-t-il tremblé ?...
Non ; le ciel est le même, et, dans sa paix profonde,
N'a d'aucun phénomène épouvanté le monde.
Eh ! qu'importe au destin de la terre et des cieux
Que le sort ait détruit un peuple ambitieux,

Ou bien qu'un peu de chair d'un puissant qu'on révère
Ait d'un nouvel engrais fertilisé la terre?


Et vous croyez, mortels, que Dieu, par ses décrets,
Règle, du haut des cieux, vos petits intérêts;
Et, choisissant en vous des vengeurs, des victimes,
Prend part à vos vertus, aussi bien qu'à vos crimes,
Vous montre tour à tour ses bontés, son courroux,
Vous immole lui-même, ou s'immole pour vous?...
O vanité de l'homme! aveuglement stupide
D'un atome perdu dans les déserts du vide,
Qui porte jusqu'aux cieux sa faible vanité,
Et veut d'un peu plus d'air gonfler sa nullité!


Hélas! dans l'univers, tout passe, tout retombe
Du matin de la vie à la nuit de la tombe!
Nous voyons sans retour nos jours se consumer,
Sans que le flambeau mort puisse se rallumer;
Tout meurt, et le pouvoir, et le talent lui-même,
Ainsi que le vulgaire, a son heure suprême.


Une idée a pourtant caressé mon orgueil :
Je voudrais qu'un grand nom décorât mon cercueil;
Tout ce qui naît s'éteint, il est vrai; mais la gloire
Ne meurt pas tout entière, et vit dans la mémoire;
Elle brave le temps, aux siècles révolus
Fait entendre les noms de ceux qui ne sont plus;
Et, quand un noble son dans les airs s'évapore,
Elle est l'écho lointain qui le redit encore.


Il me semble qu'il est un sort bien glorieux :
C'est de ne point agir comme ont fait nos aïeux;
De ne point imiter, dans la commune ornière,
Des serviles humains la marche moutonnière;

Un cœur indépendant, d'un feu pur embrasé,
Rejette le lien qui lui fut imposé,
Va, de l'humanité lavant l'ignominie,
Arracher dans le ciel ces dons qu'il lui dénie,
S'élance, étincelant, de son obscurité,
Et s'enfante lui-même à l'immortalité.

Dans mon esprit charmé, revenez donc encore,
Douces illusions que le vulgaire ignore ;
Ah ! laissez quelque temps résonner à mon cœur
Ces sublimes pensers de gloire et de grandeur ;
Laissez-moi croire enfin, si le reste succombe,
Que je puis arracher quelque chose à la tombe,
Que, même après ma mort, mon nom, toujours vivant,
Dans la postérité retentira souvent ;
Puisque ce corps terrestre est fait pour la poussière,
Et qu'il faut le quitter au bout de la carrière,
Qu'un rayon de la gloire, à tous les yeux surpris,
Comme un flambeau des temps, luise sur ses débris.

Il me semble, en effet, que je sens dans mon âme
La dévorante ardeur d'une céleste flamme,
Quelque chose de beau, de grand, d'audacieux,
Qui dédaigne la terre et qui remonte aux cieux.
Quelquefois, dans le vol de ma pensée altière,
Je veux abandonner la terrestre poussière ;
Je veux un horizon plus pur, moins limité,
Où l'âme, sans efforts, respire en liberté ;
Mais, dans le cercle étroit de l'humaine pensée,
L'âme sous la matière est toujours affaissée,
Et, sitôt qu'il veut prendre un essor moins borné,
L'esprit en vain s'élance, il se sent enchaîné.

Puisqu'à l'humanité notre âme est asservie
Et qu'il nous faut payer un tribut à la vie,

Choisissons donc au moins la plus aimable erreur,
Celle qui nous promet un instant de douceur.
Oh ! viens me consoler, amour, belle chimère !
Emporte mes chagrins sur ton aile légère ;
Et, si l'illusion peut donner le bonheur,
Remplis-en, combles-en le vide de mon cœur !
Je ne te connais pas, amour ;... du moins, mon âme
N'a jamais éprouvé ton ardeur et ta flamme.
Il est vrai que mon cœur, doucement agité,
En voyant une belle a souvent palpité ;
Mais je n'ai point senti, d'un être vers un être,
L'irrésistible élan que tous doivent connaître ;
De repos, de bonheur, mon esprit peu jaloux,
Jusqu'ici, se livrant à des rêves moins doux,
Poursuivit une idée encor plus illusoire,
Et mon cœur n'a battu que pour le mot de gloire.


Suprême déité ! reine de l'univers,
Gloire, c'est ton nom seul qui m'inspira des vers,
Qui ralluma mon cœur d'une plus vive flamme,
Et dans un air plus pur fit respirer mon âme ;
J'aimai, je désirai tes célestes attraits,
Tes lauriers immortels, et jusqu'à tes cyprès.
On parle des chagrins qu'à tes amants tu donnes,
Et des poisons mêlés aux fleurs de tes couronnes ;
Mais qui peut trop payer tes transports, tes honneurs?
Un seul de tes regards peut sécher bien des pleurs.


Qu'importe que l'orgueil des nullités humaines
Voue à de froids dédains nos travaux et nos peines
Qu'importent leurs clameurs, si la postérité
Nous imprime le sceau de l'immortalité,
Si son arrêt plus sûr nous illustre et nous venge ;
Tandis que le Zoïle, au milieu de sa fange,

Traînant dans l'infamie un nom déshonoré,
Jette en vain les poisons dont il est dévoré?

Si la vie est si courte et nous paraît un songe,
La gloire est éternelle et n'est pas un mensonge;
Car sans doute il est beau d'arracher à l'oubli
Un nom qui, sans honneur, serait enseveli,
De pouvoir dire au temps : « Je brave ton empire;
Respecte dans ton cours tes lauriers et ma lyre;
Je suis de tes fureurs l'impassible témoin;
Toute ma gloire est là : tu n'iras pas plus loin! »

# ODE

## L'ÉTOILE DE LA LÉGION D'HONNEUR

(IMITÉ DE LORD BYRON)

### I

Toi qui répandis tant de gloire
Sur les vivants et sur les morts,
Phare éclatant de la victoire,
Qui longtemps brûlas sur nos bords,
Aux feux de ta vive lumière,
L'homme se rendait immortel!
Pourquoi retomber sur la terre,
Quand ton séjour était le ciel?

### II

Des héros morts les nobles âmes
Formaient ta céleste clarté ;
Au sein de tes rayons de flammes,
- Étincelait l'éternité...
Fatal à l'orgueil des royaumes,
Ton météore audacieux,
Aux regards effrayés des hommes,
Parut comme un volcan des cieux !

### III

Le sang que tu faisais répandre,
Aux jours terribles des combats,
Roulait sur la funèbre cendre
Des cités que tu dévoras ;
Partout où surgit ta lumière,
Le sol en ses flancs palpita,
Le soleil quitta l'hémisphère,
Et longtemps la foudre éclata.

### IV

Messager de ta course ardente,
Un arc-en-ciel te précédait ;
Toujours son écharpe éclatante
De trois couleurs se composait.
Elles n'ont point été ternies
Par l'Envie au souffle empesté ;
Car elles brillaient réunies
Sous la main de la Liberté.

### V

La première était empruntée
A l'éclat des célestes feux ;
Une autre à la lune argentée ;
La troisième, à l'azur des cieux.
Nobles couleurs ! céleste emblème !
Qui souvent aux yeux des mortels
Paraît, comme un songe qu'on aime,
Et qui vient des lieux éternels !

## VI

Astre pur! étoile des braves!
Tu tombas au jour des revers;
Et bientôt des peuples esclaves
La chaîne enceindra l'univers;
Car, depuis ta chute profonde,
Notre vie est un poids impur,
Et le Destin promis au monde
Pâlit dans un lointain obscur.

## VII

La liberté, loin des esclaves,
S'assied sur de nobles tombeaux;
Le trépas est grand pour les braves
Qui succombent sous ses drapeaux.
Liberté! dans nos jours moins sombres,
Puissions-nous voir briller la loi...
Ou rejoindre les nobles ombres
Des guerriers qui sont morts pour toi!

# PENSÉE DE BYRON

## ÉLÉGIE

Par mon amour et ma constance,
J'avais cru fléchir ta rigueur,
Et le souffle de l'espérance
Avait pénétré dans mon cœur;
Mais le temps, qu'en vain je prolonge,
M'a découvert la vérité...
L'espérance a fui comme un songe,
Et mon amour seul m'est resté!

Il est resté comme un abîme
Entre ma vie et le bonheur,
Comme un mal dont je suis victime,
Comme un poids jeté sur mon cœur.
Pour fuir le piége où je succombe,
Mes efforts seraient superflus;
Car l'homme a le pied dans la tombe,
Quand l'espoir ne le soutient plus.

6

J'aimais à réveiller la lyre,
Et souvent, plein de doux transports,
J'osais, ému par le délire,
En tirer de tendres accords.
Que de fois, en versant des larmes,
J'ai chanté tes divins attraits !
Mes accents étaient pleins de charmes,
Car c'est toi qui les inspirais.

Ce temps n'est plus, et le délire
Ne vient plus animer ma voix ;
Je ne trouve point à ma lyre
Les sons qu'elle avait autrefois.
Dans le chagrin qui me dévore,
Je vois mes beaux jours s'envoler ;
Si mon œil étincelle encore,
C'est qu'une larme va couler.

Brisons la coupe de la vie ;
Sa liqueur n'est que du poison ;
Elle plaisait à ma folie,
Mais elle enivrait ma raison.
Trop longtemps épris d'un vain songe,
Gloire ! amour ! vous eûtes mon cœur :
O Gloire ! tu n'es qu'un mensonge ;
Amour ! tu n'es point le bonheur !

# PRIÈRE DE SOCRATE

O toi dont le pouvoir remplit l'immensité,
Suprême ordonnateur de ces célestes sphères
Dont j'ai voulu jadis, en ma témérité,
Calculer les rapports et sonder les mystères;
Esprit consolateur, reçois du haut du ciel
     L'unique et pur hommage
D'un des admirateurs de ton sublime ouvrage,
Qui brûle de rentrer en ton sein paternel!


Un peuple entier, guidé par un infâme prêtre,
Accuse d'être athée et rebelle à la foi
Le philosophe ardent qui seul connaît ta loi,
    Et bientôt cesserait de l'être,
    S'il doutait un moment de toi.


Eh! comment, voyant l'ordre où marche toute chose,
Pourrais-je, en admirant ces prodiges divers,
Cet éternel flambeau, ces mondes et ces mers,
En admettre l'effet, en rejeter la cause?


Oui, grand Dieu, je te dois le bien que j'ai goûté,
    Et le bien que j'espère :

A m'appeler ton fils j'ai trop de volupté
    Pour renier mon père.


Mais qu'es-tu cependant, être mystérieux ?
Qui jamais osera pénétrer ton essence,
Déchirer le rideau qui te cache à nos yeux,
Et montrer au grand jour ta gloire et ta puissance ?


Sans cesse dans le vague on erre en te cherchant,
Combien l'homme crédule a rabaissé ton être !
Trop bas pour te juger, il écoute le prêtre,
Qui te fait, comme lui, vil, aveugle et méchant.


Les imposteurs sacrés qui vivent de ton culte,
Te prodiguent sans cesse et l'outrage et l'insulte ;
Ils font de ton empire un éternel enfer,
Te peignent gouvernant de tes mains souveraines
Un stupide ramas de machines humaines,
    Avec une verge de fer.


A te voir de plus près en vain il veut prétendre ;
Le sage déraisonne en croyant te comprendre,
        Et, d'après lui seul te créant,
En vain sur une base il t'élève, il te hausse ;
Mais son être parfait n'est qu'un homme étonnant,
        Et son Jupiter un colosse.


Brûlant de te connaître, ô divin Créateur !
J'analysai souvent les cultes de la terre,
Et je ne vis partout que mensonge et chimère ;
Alors, abandonnant et le monde et l'erreur,
Et cherchant, pour te voir, une source plus pure,
J'ai demandé ton nom à toute la nature,
Et j'ai trouvé ton culte en consultant mon cœur.

Ah ! ta bonté, sans doute, approuva mon hommage,
Puisqu'en toi j'ai goûté le plaisir le plus pur ;
Qu'en toi, pour expirer, je puise mon courage,
   Dans l'espoir d'un bonheur futur !
Réveillé de la vie, en toi je vais renaître.
A tous mes ennemis je pardonne leurs torts,
Et, puisque je me crois digne de te connaître,
Je descends dans ton sein, sans trouble et sans remords.

# MONSIEUR DEUTSCOURT

ou

## LE CUISINIER D'UN GRAND HOMME

TABLEAU POLITIQUE A PROPOS DE LENTILLES
PAR BEUGLANT, POÈTE, AMI DE CADET-ROUSSEL.

— Avril 1826. —

Qui compte sans son hôte compte deux fois.

AVIS DE L'ÉDITEUR POUR LA PREMIÈRE ÉDITION.

Cette œuvre poétique, purgée par un malin de toutes les incongruités grammaticales contre la grammaire, se vend *cinq sous* pour les amateurs, et pour le public *vingt-cinq* centimes seulement.

### PERSONNAGES.

M. DEUTSCOURT AÎNÉ, cuisinier.
SON FRÈRE CADET.
UN GROS MONSIEUR.
LE SOUS-CHEF DE CUISINE.
TROUPE DE CUISINIERS ET DE FOURNISSEURS.

Le théâtre représente une grande cuisine; au-dessus de la porte est inscrit : BUREAUX CULINAIRES, 1re *Division*. — La scène est remplie de cuisiniers, de marmitons, etc. M. Deutscourt est assis, le noble bonnet de coton en tête; deux fourneaux brûlent près de lui en guise de cassolettes. Les fournisseurs, chargés de vivres, défilent devant lui. — Magnifique exposition dans le genre de celle du premier acte de *Léonidas*.

## SCÈNE PREMIÈRE.

M. DEUTSCOURT, SON FRÈRE CADET, LE SOUS-
CHEF, CUISINIERS, MARMITONS, FOURNIS-
SEURS, ETC.

LE SOUS-CHEF.

Puisque l'astre éclatant qui nous donne le jour
D'un repas solennel annonce le retour,
Chef, nous venons en toi présenter notre hommage
Au ministre puissant dont ta gloire est l'image.

M. DEUTSCOURT.

Cuisiniers, fournisseurs, je suis content de vous :
Nos affaires vont bien, en dépit des jaloux ;
Et d'excellents dîners, remèdes efficaces,
De nos derniers échecs ont effacé les traces.
Quelques mauvais esprits ont en vain prétendu
Que nous dévorons tout, que l'État est perdu,
Que notre pot-au-feu cuit aux dépens des autres,
Et bientôt cuira seul ; que, hors nous et les nôtres,
Tous les Français rentiers, perdant leurs capitaux,
Iront, vides de sang, garnir les hôpitaux :
Quelle horreur ! Cependant qu'ont les Français à craindre ?
De mauvais procédés ils n'ont point à se plaindre ;
De tous leurs envoyés nous nous sommes chargés ;
Ne sont-ils pas nourris et quelquefois logés ?
Et n'avons-nous pas même, en mainte circonstance,
Offert de les *blanchir*, s'ils n'étaient blancs d'avance ?
Qui, comme nous encore, avec un tel succès,
A su faire fleurir le commerce français ?
Ces vins que la province à nos celliers envoie,
Ces produits de Strasbourg, de Bayonne et de Troie,
De toute autre cuisine orgueilleux ornements,
Ne sont de nos valets que les vils aliments.

Des mets plus délicats à nos palais conviennent;
Du Périgord jaloux les fruits nous appartiennent.
Ces fruits, que le gourmet sait priser aujourd'hui,
L'étranger voudrait bien les emporter chez lui;
Mais il ne l'aura point, cette plante chérie,
Ce précieux produit du sol de la patrie !
Français, gardons nos droits, frustrons-en nos voisins;
C'est assez qu'on leur donne et nos blés et nos vins;
Non, ces mets délicats que nous offre la terre
N'iront point engraisser les porcs de l'Angleterre;
Les nôtres désormais en auront le régal.
Montrons que nous avons l'esprit national !
Ces bienfaits éclatants qu'à peine on apprécie,
Contre notre puissance ont excité l'envie;
De nos bruyants amis l'héroïque valeur,
Devant tant d'ennemis, sent glacer son ardeur.
Monseigneur, au lever, m'a fait, avec prudence,
Dans son appartement admettre en sa présence;
Et, maîtrisant à peine un trop juste courroux :
« Il est temps, m'a-t-il dit, de frapper les grands coups.
De plus puissants efforts sont enfin nécessaires;
Assemble, ce matin, mes bureaux culinaires;
Je veux, désappointant mes nombreux ennemis,
D'un splendide repas réveiller mes amis.
Tu sais, ainsi que moi, que ces messieurs du centre
Sont des gens de tout cœur, mais ont le cœur au ventre;
Trop longtemps, par un mets à grands frais acheté,
Nous avons cru flatter leur sensualité;
Leur palais est usé; leur goût blasé sommeille;
Il nous faut inventer un mets qui le réveille.
Il m'est venu, Deutscourt, un singulier projet;
Je ne redoute point d'en gonfler mon budget;
Je m'appauvrirais peu par de telles vétilles !
Le mets qu'il faut offrir, c'est... — Eh quoi? — Des lentilles!
— Des lentilles, grand Dieu? repris-je tout surpris.

— Oui, Deutscourt. Tous diront que le mets est exquis;
Mais les montrer à nu serait une imprudence :
Il faut adroitement en sauver l'apparence.
— Je comprends, monseigneur, ai-je alors répondu.
Je vais me signaler, et tout n'est pas perdu;
On verra si mon art brave les destinées,
Ou si, dans les fourneaux, j'ai perdu trois années. »
Cuisiniers, fournisseurs, l'honneur en est à nous;
Votre zèle m'annonce un triomphe bien doux.
Trop longtemps dans nos murs a régné l'anarchie.
Ces temps-là reviendraient; sauvons la monarchie!
Et que notre bourgeois, grandi par nos succès,
Soit le restaurateur du royaume français.
De nos amis, qu'arrête une indigne épouvante,
Gorgeons la conscience affamée et béante;
Et, comme au triple chien qui garde les damnés,
Jetons-lui les gâteaux au sommeil destinés!

Tous sortent, hors M. Deutscourt et son frère.

## SCÈNE II.

### M. DEUTSCOURT, SON FRÈRE CADET.

LE CADET.

Mon frère, embrassez-moi! Pour mon cœur quelle fête
De vous revoir ici, quand si longtemps...

M. DEUTSCOURT.

Arrête!

Chapeau bas, mon cadet, devant ton frère aîné!
Tu vois de quels honneurs je marche environné.

LE CADET.

Il est vrai. Quel éclat! quelle magnificence!
Jusqu'où d'un cuisinier peut aller la puissance!
Mon frère, est-ce bien vous que je vis, autrefois,
Maigre subordonné d'un cuisinier bourgeois.

Récurer les chaudrons et laver les assiettes?...
Les temps sont bien changés!

M. DEUTSCOURT.

                              Ignorant que vous êtes!
Dans l'état où jadis le sort m'avait jeté,
Un cuistre comme vous serait toujours resté :
Moi, j'en ai su bientôt laver l'ignominie;
Il n'est point d'état vil pour l'homme de génie.
Afin de s'élever, il faut ramper, dit-on :
On devient cuisinier, mais on naît marmiton!
Longtemps je végétai dans cette classe obscure
Où, comme en un creuset, me jeta la nature;
Mais un feu, plus ardent que celui des fourneaux,
Vint épurer en moi des sentiments nouveaux.
Nous étions dans un temps où de nobles cuisines
Effrayèrent les yeux de leurs vastes ruines.
Voyant de possesseurs tant de tables changer,
Le peuple, qui jeûnait, crut avoir à manger;
Mais les nouvelles dents n'étaient pas moins actives;
Ces grandes tables-là sont pour peu de convives;
Ce sont de gros gaillards, ayant bon appétit :
L'un tient la poêle à frire, et puis le peuple cuit.
Alors, on nous disait que les hommes sont frères,
Que les distinctions ne sont qu'imaginaires,
Et que, si le destin l'environne d'éclat,
L'homme le doit à soi, mais non à son état.
Et je me dis : « Il faut que je sois quelque chose.
Et, de peur qu'à ma gloire un obstacle s'oppose,
Je transporte en un lieu plus propre à mon emploi
Les dieux de mon foyer, mon art sublime et moi.
Je pars de la Gascogne, et... » Mais ma vie entière
Serait à te conter une trop longue affaire.
Qu'il me suffise donc de te dire qu'enfin,
Quelquefois malheureux, mais bravant le destin,
Et sans être jamais du parti qu'on opprime,

Je changeai de ragoûts ainsi que de régime.
Mais, après la journée où certain grand brouillon,
Pour l'avoir trop chauffé, but un mauvais bouillon,
Un noble personnage où j'étais fort à l'aise,
Se sentant près de cuire, et les pieds sur la braise,
Sans rien dire à ses gens, s'enfuit à l'étranger,
Me laissant lourd de graisse, et d'argent fort léger...
Alors, je m'accostai d'un homme à maigre trogne,
Tout récemment encore arrivé de Gascogne,
*Audacieux, fluet, médiocre et rampant,*
Toujours grand ennemi du premier occupant,
Très-vide de vertu, mais gonflé d'espérance,
Qui sur la route avait laissé sa conscience,
Comme un poids incommode à qui fait son chemin.
Le poids n'était pas lourd, il est vrai ; mais, enfin,
A ravoir son paquet comme il pouvait prétendre,
Bientôt, grâce à mes soins, il en eut à revendre.
Je ne te dirai pas nos immenses succès,
Si de notre destin nous sommes satisfaits,
Si nous savons flatter les appétits des hommes ;
Lève les yeux, cadet, et vois ce que nous sommes !
Jusqu'au faîte, élevé par mes nobles travaux,
Monseigneur a dompté ses plus fameux rivaux.
L'un d'eux, plus rodomont, voulait faire le crâne,
Mais nous avons prouvé que ce n'était qu'un âne ;
Et, comme il refusait d'aller à sa façon,
Monseigneur l'a chassé comme un petit garçon.
Puis, étouffant enfin d'audacieux murmures,
Nous avons en tous lieux semé nos créatures.
Comme nos spectateurs ne battaient pas des mains,
Nous avons au parterre envoyé des *Romains.*
En vain quelques railleurs attaquaient notre empire,
Nous les avons, sous main, muselés sans rien dire.
Rien ne peut maintenant borner notre crédit ;
Sur le ventre fondé, nourri par l'appétit,

L'appétit, roi du monde, et, *d'autant plus terrible*
*Qu'il cache au fond des cœurs sa puissance invisible!*

LE CADET.

Je conviens qu'un tel sort peut avoir des appas;
Mais un abîme s'ouvre et bâille sous vos pas.
La France trop longtemps a tremblé sous un homme;
Son pouvoir abattu...

M. DEUTSCOURT.

Mais il faudra voir comme!

LE CADET.

Eh bien, nous le verrons. Il n'est pas très-aimé;
Le peuple contre lui dès longtemps animé,
Portant au pied du trône une plainte importune...

M. DEUTSCOURT.

Et comptes-tu pour rien César et sa fortune?
Me comptes-tu pour rien moi-même? et nos amis
A ses moindres désirs ne sont-ils pas soumis?

LE CADET.

Ne vous y fiez pas, si le sort vous traverse.
Amis du pot-au-feu, tous fuiront s'il renverse.
Tremblez qu'un grand échec n'abaisse votre ton;
Car...plus d'un grand ministre est mort à Montfaucon.

M. DEUTSCOURT.

Il faut faire une fin; et pour nous quelle gloire
Quand la postérité lira dans notre histoire :
« Ces deux héros sont morts; la France les pleura;
L'un fut grand diplomate, et l'autre[1]... »

LE CADET.

Et cætera!

L'histoire sur son compte en aurait trop à dire :
Pensons-le seulement; gardons-nous de l'écrire.

M. DEUTSCOURT.

Qu'entendez-vous par là? Pas tant de libertés,
Cadet! on n'aime point toutes les vérités.
Vous avouerez pourtant que Sa digne Excellence

7

Sait fort bien travailler un royaume en finance.
On se plaint qu'en ses mains, sans s'en apercevoir,
Le monarque trompé laisse trop de pouvoir ;
Mais on sait que, jadis, sur un autre rivage,
De l'art d'administrer il fit l'apprentissage ;
Ainsi...

LE CADET.

Je sais fort bien que ton maître, autrefois,
Fit la traite des noirs, ou leur donna des lois.
Belle preuve !

M. DEUTSCOURT.

Oh ! très-belle ! Il est homme de tête.
Pourtant, en ce moment, ce sont les blancs qu'il traite ;
Et l'on peut demander à tous nos invités
Si je ne suis qu'un cuistre et s'ils sont bien traités.

LE CADET.

Mais le peuple l'est mal ; et bientôt sa misère
Demandera du pain aux gens du ministère ;
Ou, dans son désespoir, pour recouvrer son bien,
Il fera voir les dents...

M. DEUTSCOURT.

Nous ne redoutons rien.
Par nos soins rétabli, Montrouge nous protége ;
Montrouge protégé par le sacré collége ;
Montrouge triomphant, et qui, malgré vos cris,
Envahit pied à pied le pavé de Paris ;
Ce grand ordre, qu'à peine on a senti renaître,
Dans nos murs étonnés s'élève et rentre en maître ;
Et bientôt ses enfants, armés de nouveaux fers,
Vont dévorer Paris, la France et l'univers !
*Ignobile vulgus !* Tremblez !

LE CADET.

Tremblez vous-même !
On a longtemps souffert votre insolence extrême ;
Mais on vous montrera de la bonne façon

Qu'une majorité n'a pas toujours raison ;
Et le peuple à vos yeux fera bientôt connaître
Que celui qui les paye a droit d'être leur maître,
. . . . . . . . . . . . . . . .
Car les Français, bravant vos pouvoirs arbitraires,
Se plaindront... Le monarque entendra leurs prières.

                    M. DEUTSCOURT.

Ceci ne peut se faire au temps où nous voilà ;
Si vous voulez crier, les gendarmes sont là !
Des mouchards décorés, ou portant des soutanes,
Empoignent dans leur vol les paroles profanes.
Nous irons droit au but que nous nous proposons ;
D'ailleurs, nous vous donnons les meilleures raisons ;
Dans notre coffre-fort si nous serrons vos pièces,
C'est pour vous enseigner le mépris des richesses ;
Car le bon temps revient, les bons Pères aussi ;
Gare à vos esprits forts ! ils sentent le roussi.
A tout cela, d'ailleurs, l'esprit public se prête.
La canaille, il est vrai, comme dit la *Gazette*,
Fait quelquefois du bruit et veut montrer les dents ;
Mais nous avons pour nous tous les honnêtes gens.
Une dame a marché pieds nus ; une seconde
A voulu l'imiter... Hein ! voilà du grand monde !
Nous avons vu passer un illustre baron
De la nef d'une église en celle de Caron ;
Et, dans chaque soirée, il est de bienséance
D'entendre, avant le bal, sermon et conférence [2].
Écrivez maintenant, messieurs les beaux esprits ;
Il est certain endroit, dans un coin de Paris,
Où, par arrêt de cour, quand ils ont beau ramage,
Nous savons faire entrer les oiseaux dans la cage.

                    LE CADET.

Ne vous en vantez point : la cour n'est pas pour vous ;
L'équité la conduit, et non votre courroux ; ·
Déjà, plus d'une fois, sa justice prudente

A détruit les projets que l'artifice enfante ;
Le Tartufe puissant compta sur son appui,
Mais les efforts du vice ont tourné contre lui ;
Et nous avons vu tous que, bravant vos caprices,
La cour rend des arrêts, mais non pas des services.

M. DEUTSCOURT.

Je n'ai rien à répondre à cette raison-là ;
Mais nous...

## SCÈNE III.

LES MÊMES, LE SOUS-CHEF.

LE SOUS-CHEF.

Monsieur le chef, nos invités sont là.

M. DEUTSCOURT.

Déjà ! La cinquième heure à peine au château sonne !
A cette heure, jamais nous n'attendons personne.

LE SOUS-CHEF.

C'est vrai, monsieur le chef ; mais vos nobles amis
Attendaient ce repas, depuis longtemps promis ;
Et même tel d'entre eux que l'appétit réveille,
Pour mieux y faire honneur, n'avait rien pris la veille.
Vous jugez qu'un discours sur l'impôt des cotons
N'avait nul intérêt pour des gens si profonds ;
Non plus qu'un autre encor sur les toiles écrues.
Ensuite, un monnayeur a parlé de sangsues.
« Lesquelles ? » a-t-on dit. — Là-dessus, grands éclats,
Tous ont dit : « La clôture ! A demain les débats ! »
Ces débats, cependant, promettaient des merveilles ;
Mais un ventre affamé, dit-on, n'a point d'oreilles ;
Tous ont fui jusqu'ici.

M. DEUTSCOURT.

Eh bien, tout est prévu ;
On ne nous prendra pas, du moins, au dépourvu...
Les lentilles ?...

LE SOUS-CHEF.

C'est prêt. On a mis en purée
Celles que, ce matin, vous aviez préparées.

M. DEUTSCOURT.

On n'attend plus personne? ils sont tous arrivés?
Le potage est sur table?

LE SOUS-CHEF.

Oui, tout est prêt.

M. DEUTSCOURT, à la cantonade.

Servez!

*Le sous-chef sort.*

## SCÈNE IV.

### M. DEUTSCOURT, SON FRÈRE CADET.

M. DEUTSCOURT.

Mon triomphe s'apprête, et ma gloire s'achève.
On verra si nos plans ne sont point un vain rêve.
Le projet, cependant, était audacieux.
Le sort en a trahi de moins ambitieux;
La roche Tarpéienne...

LE CADET.

Est près du Capitole!

M. DEUTSCOURT.

Mais, si l'on tombe aussi, c'est du ciel!...

LE CADET.

Ça console!

M. DEUTSCOURT.

Ah bah! ne craignons rien; nous sommes dans le port;

*Il rêve un moment.*

Écoute, mon cadet; je veux te faire un sort;
Car, quoique parvenu, je suis encor bon frère :
Je te reçois ici comme surnuméraire.

LE CADET.

Où cela conduit-il?

M. DEUTSCOURT.

A de bons résultats :
C'est comme qui dirait *cadet* dans les soldats.

LE CADET.

Il n'en existe plus.

M. DEUTSCOURT.

Nous en verrons encore.
Les aînés n'étaient plus : monseigneur les restaure.
Ah ! messieurs les cadets, tremblez ! vous n'aurez rien...
Mais plutôt soyez gais, car c'est pour votre bien.
Le monde a, voyez-vous, un attrait bien perfide ;
Mais la religion vous prend sous son égide.
Vous avez faim? L'Église engraisse ses enfants.
Vous n'avez point d'asile? Allez dans les couvents ;
C'est là que vous pourrez mener vie agréable,
Prier le Ciel pour nous qui nous donnons au diable...

LE CADET.

Comment ! mon frère aîné?... Voici bien du nouveau.

M. DEUTSCOURT.

Oui ; pourquoi t'étonner d'un projet aussi beau?
Il prendra : tu verras si ma nouvelle est fausse ;
Monseigneur l'a fait cuire, et j'en ai fait la sauce.
Le dîner qu'aux ventrus nous offrons aujourd'hui
A notre noble cause assure leur appui.
Ah ! nous avons compris les besoins de l'époque !

LE CADET.

On rira; c'est absurde !

M. DEUTSCOURT.

Ah ! parbleu ! qu'on s'en moque...
Que nous importe, à nous? Les rieurs pleureront.
Comme a dit Mazarin : *Ils chantent, ils paîront!*

LE CADET.

Oui, mais nos pairs sont là[2]; cette assemblée auguste

Refusera ses voix à ce projet injuste ;
Et les nobles fauteurs, et leurs subordonnés,
Resteront à la porte avec un pied de nez.
Va, tôt ou tard le temps confondra l'artifice ;
Nous vivons sous un prince ami de la justice ;
Il a déjà montré, par d'équitables lois,
Qu'il maintiendrait la Charte et maintiendrait nos droits ;
Le colosse puissant, qui pèse sur la France,
S'écroulera ; tous ceux qu'opprime sa puissance,
Contemplant de leur roi la juste majesté,
Se promettront la gloire et la félicité.

## SCÈNE V.

### LES MÊMES, LE SOUS-CHEF.

M. DEUTSCOURT.

Ciel ! qu'as-tu donc, sous-chef ? Quel trouble !

LE SOUS-CHEF.

O destinée !

O trop malencontreuse et fatale journée !

M. DEUTSCOURT.

Assieds-toi, conte-nous...

LE SOUS-CHEF, d'un ton tragique.

*Infandum !... Sed..., quanquam..*
*Meminisse horret..., lucta... incipiam !*
La soupe n'était plus, et les bouches bourrées
Avaient, sans dire un mot, envahi les entrées.
Tout à coup, monseigneur se lève avec éclat,
Et, d'un bras intrépide... il découvre le plat !
On sert. — Qu'est-ce ? — On l'ignore, et chacun, d'un air louche,
Porte, en la flairant bien, la cuiller à sa bouche.
« Des lentilles ! » Grand Dieu ! tout le monde, à ce mot,
Frémit. « Nous offre-t-on la fortune du pot ?
Se sont-ils écriés. Quelle horrible imposture !

Nous ont-ils invités pour nous faire une injure ? »
Monseigneur est confus ; ses illustres amis
Regardent l'assemblée avec des yeux surpris ;
L'un oppose à ce bruit, que chaque instant redouble,
Un air *indifférent* qu'a démenti son trouble ;
Un *marin*, l'œil fixé sur les deux précédents,
Reste la bouche ouverte et la cuiller aux dents ;
Pendant qu'un autre encor, sentant la conséquence,
S'appuyait sur son *Turc*, et fumait d'importance.
Enfin, c'est un tumulte !... On se lève en jurant...
Presque tous sont partis... Monsieur l'*indifférent*
Fait pour les retenir un effort inutile ;
Et lui-même, en pleurant, suit la foule indocile.
L'après-dînée en vain promettait à la fois
Lecture édifiante et le prince iroquois ;
Tout s'enfuit... Resté seul, monseigneur est perplexe.
Et veut...

## SCÈNE VI.

### Les Mêmes, UN GROS MONSIEUR.

#### LE GROS MONSIEUR.

Eh ! cuisiniers, suis-je un homme qu'on vexe ?
Croit-on qu'un orateur qu'on place entre deux feux,
Quand il a bien parlé, n'ait pas le ventre creux ?
Lorsque j'ai mal dîné, ma voix en est aigrie ;
Comme mon estomac, ma conscience crie.
Qui pourra l'apaiser ? Est-ce pour de tels mets
Que j'ai de tout Paris bravé les quolibets ;
Que, séduit par l'espoir d'un repas aussi mince,
J'ai trompé tous les vœux que formait ma province ?
Et, sur tant de sujets pour calmer mon effroi,
Corbleu ! monsieur le chef, des lentilles à moi !
On ne m'aurait pas fait une pareille injure
Dans les obscurs dîners d'une sous-préfecture.

Quand, nourrissant l'espoir d'un dîner bien complet,
J'avais, avant d'entrer, desserré mon gilet,
A de pareils affronts aurais-je dû m'attendre !

A M. Deutscourt qui veut sortir.

Restez, monsieur le chef, restez ! il faut m'entendre !
Quoique mauvais chrétien, par l'odeur excité,

Tout essoufflé.

J'avais dit hautement mon *Benedicite.*
Et ces dîners encor qu'aidé de ses complices,
Monseigneur, l'autre jour, rogna de deux services !...
N'est-ce pas conspirer contre notre estomac ?
Nous avons trop longtemps supporté ce micmac ;
De sorte que, pour prix d'un généreux courage,
Nous nous voyons réduits à *trois,* pour tout potage.
Les choses désormais n'en iront point ainsi ;
Et, pour n'y plus rentrer, je m'arrache d'ici.
Il est encor des gens non séduits par le ventre,
Peu nombreux, il est vrai, mais placés loin du centre...
Je m'en vais dans un coin prendre place avec eux.
On y dîne un peu moins, mais on y parle mieux !

Il sort.

## SCÈNE VII.

### M. DEUTSCOURT, SON FRÈRE, LE SOUS-CHEF.

LE CADET.

Eh bien, tout est flambé ! Qu'en dites-vous, mon frère ?

M. DEUTSCOURT.

Quel déchet !

LE SOUS-CHEF.

Monseigneur est en grande colère ;
De son mauvais succès c'est à vous qu'il se prend.

M. DEUTSCOURT.

Et voilà ce que c'est que de *servir* un grand !
Qu'une vaste entreprise échoue ou réussisse,
Nous en avons les coups et lui le bénéfice.

7

LE SOUS- CHEF.

Redoutez les effets de son premier courroux ;
Il sera moins terrible en pesant sur nous tous.

M. DEUTSCOURT.

Oui ; vous le dompterez toujours par la famine.

LE SOUS-CHEF.

Très-bien ; mais s'il allait supprimer la cuisine?

M. DEUTSCOURT.

Non, non.

LE SOUS-CHEF.

Je l'aperçois... Où fuir ? où vous cacher ?

M. DEUTSCOURT, d'un ton tragique.

Dans les bureaux... Crois-tu qu'il m'y vienne chercher ?

---

# NOTES

Page 109, vers 20.

L'un fut grand diplomate, et l'autre...

On dira qu'il est un peu hasardé d'appeler un cuisinier diplomate ;
mais qu'on écoute ce sixain, et on changera d'avis :

Ce cuisinier est tout. En maître de la terre,
Il tient dans ses poêlons et la paix et la guerre,
Fricasse des faveurs, assaisonne un emploi ;
Aux postes importants ses ragoûts font élire,
Et c'est lui qui peut vraiment dire :
« Place, messieurs! l'État, c'est moi! »

Page 111, vers 25.

Il est de bienséance
D'entendre, avant le bal, sermon et conférence.

Dans les grandes maisons, au lieu de mettre sur une invitation cette
phrase banale : « Il y aura violon, » le bon ton est d'écrire : « Il y
aura conférence, » ou bien : « Il y aura sermon. » Avant le bal, le
prédicateur, leste et pimpant, prêche, en minaudant, un sermon sur les
vanités du monde, ou tout autre sujet analogue à la circonstance. Les

auditeurs gardent, en entrant, leur manteau ou leur châle, qui cache des habits de bal. Le sermon fini, le théâtre change, et les pompes de Satan succèdent à la parole de Dieu.

### Page 114, vers 23.

> Oui, mais nos pairs sont là ; cette...

Les pairs ont refusé, à une forte majorité, une loi si injuste, qui cependant leur était favorable et n'était guère faite que pour eux. Les jeunes étudiants des écoles de médecine et de droit se sont assemblés pour les remercier; une telle action devait offenser, et une charge de cavalerie a démontré clairement que c'étaient des séditieux. — Bons gendarmes,

> Ah! il n'est pas de fête,
> Quand vous n'en êtes pas !

# ÉPITRE A M. DE VILLÈLE [2]

Ministre financier, que la France révère,
Que les heureux aînés ont appelé leur père,
Et qui, sachant que l'on pourrait nous pervertir,
Cherches de tous côtés des gens à convertir,
Permets qu'émerveillé de tes talents sublimes,
Un enfant d'Apollon t'adresse quelques rimes.
Des muses, il est vrai, tu ne fais pas grand cas,
Et la double colline a pour toi peu d'appas ;
On sait que tu n'as point, expert en beau langage,
Rimé l'*Indifférence* ou le *Bois du village* ;
Mais apprends que les vers peuvent avoir leur prix ;
C'est par là qu'on est grand dans de petits écrits,
Qu'on vit dans l'avenir, et qu'un sage ministre
N'est pas, après sa mort, oublié comme un cuistre.

L'homme s'illustre en vain, si la postérité
Ne lit en de beaux vers son immortalité ;
Sans Homère, a-t-on dit, qui connaîtrait Achille ?

1. Cette épître fut insérée dans le *Mercure* du 12 août 1826 ; elle
annonçait un poëme intitulé *la Villéléide*, qui ne parut pas, pour des
raisons qu'il est aisé de deviner.

Baour, depuis longtemps, a bien changé de style ;
Mais qui saurait, sans lui, dans des siècles nouveaux,
Que Bonaparte fut, et qu'il fut un héros ?


Ta splendeur, je l'avoue, est plus durable encore ;
O toi dont le déclin tarde à suivre l'aurore,
Où pourras-tu trouver un Baour pour chanter
Le succès des grands coups que tu sais méditer,
Qui t'ait vu, te connaisse et dise qu'il t'admire,
Ou sans rire soi-même, ou sans prêter à rire ?


Sauf ces deux clauses-là, tu pourras, à Paris,
Trouver des vers flatteurs cotés à très-bas prix ;
Dans ce vaste bazar de toute renommée,
On peut, au poids de l'or, trouver de la fumée ;
Au lieu d'un vil métal, que d'honneur t'est offert !
Si tu veux qu'on t'appelle un Turgot, un Colbert,
Ne te consume point en bienfaits inutiles ;
Ces titres à gagner te seront très-faciles :
Pour cinq cents francs au plus, on peut les accorder,
Et même pour trois cents, si tu sais marchander.
Mais l'honneur, le pouvoir, l'éclat qui t'environne,
Me donnent le désir de chanter ta personne.
Ne me dédaigne pas ; malgré tout ce qu'on dit,
Mes vers sauront encor te remettre en crédit.
C'est en vain qu'un poëte avait de ta cuisine
Et de ton ministère annoncé la ruine ;
Ne t'en alarme point ; l'avenir incertain
Ne peut plus dévoiler les arrêts du destin.
Cependant, si ton âme en eut quelque tristesse,
Je veux la ramener aux jours de ta jeunesse,
Et, ranimant ton cœur qu'un présage a glacé,
Rajeunir ton espoir de l'éclat du passé.
Oui, je veux raconter ton héroïque histoire ;

Je veux chanter les jours si chers à ta mémoire
Où ton aspect saisit d'un désir amoureux
Le cœur, novice encor, d'une vierge aux doux yeux ;
Ton démon familier y sera mis en scène ;
Je dirai tes succès sur les bords de la Seine,
Et comment ton grand nom, d'un beau titre anobli,
Fut proclamé vainqueur au château Rivoli.

Mais aussi ta faveur doit être mon salaire ;
Mets-moi de ton écot ; je puis au ministère,
Comme ce Martignac qu'on a déjà vanté,
Entonner l'hymne auguste à ta prospérité...
Voudrais-tu, dis d'abord, connaître ma personne ?
Je me nomme *Beuglant*[1]... A ce nom, qui t'étonne ?

Peut-être il te souvient que l'un de mes écrits
Fit rire à tes dépens les cadets de Paris ;
C'était, à ce qu'on trouve, une pièce assez drôle,
Et ta noble Excellence y jouait un beau rôle...
Oh ! tu l'as fort bien pris ! Un autre aurait, dit-on,
Mis l'ouvrage à l'index et l'auteur en prison ;

---

1. « *Le Cuisinier d'un grand homme* avait paru avec le pseudonyme de *Beuglant*. Pour comprendre cette signature, il faut se rappeler que, dans le vieux théâtre, le poëte Beuglant est l'ami de Cadet Roussel. Or, à ce moment-là, justement, paraissait chez Touquet, qui était un personnage, la complainte de Cadet Roussel, qui devint un type politique. Gérard de Nerval alla chez Touquet, Beuglant vint saluer le héros de la complainte. Touquet regarda son jeune visiteur, parcourut ses vers, et, se posant en oracle, lui dit d'un ton prophétique : « Jeune homme, vous irez loin ! » J'ai entendu raconter le fait par Gérard lui-même, qui ajoutait plaisamment : « Touquet était un phrénologue méconnu ; il avait entrevu sur mon crâne, pendant que je « le saluais, la protubérance du voyageur. »

                                        HIPPOLYTE BABOU.
                              *La Patrie*, n° du 20 octobre 1850.

Mais, toi, quand un mouchard, croyant faire œuvre pie,
Du livre à peine éclos te porta la copie,
Tu ne dépêchas point un mandat à l'auteur ;
Mais tu ris en ta barbe, et dis : « C'est un farceur ¹ ! »

C'était fort bien agir, et ma reconnaissance
D'un poëme déjà t'a donné l'espérance ;
En attendant le jour désigné par le sort,
Pour voir ou ta naissance, ou peut-être ta mort,
Je voudrais avec toi jaser pour me distraire ;
Histoire de parler, car c'est peu nécessaire.
Dans ce superbe hôtel où règne ton pouvoir,
Qui t'étonne le plus ? — Sans doute de t'y voir.
En effet, quand, bien loin des bords de la Garonne,
Le pays de Parny vit ton humble personne ;
Quand, d'un maigre colon aussi maigre employé,
Tu vivais d'un travail qui t'était mal payé,
Pouvais-tu, dans ton cœur, d'une telle puissance
Accueillir la pensée et gonfler l'espérance ?

Peut-être ! — Le génie encore à son matin
Sait souvent pressentir un sublime destin.
On dit que, loin des yeux, écolier solitaire,
Bonaparte rêvait l'empire de la terre,
Et que de ses grandeurs l'espoir audacieux,
Comme un vaste tableau, passait devant ses yeux.

Sauf la comparaison, peut-être que, toi-même,
Tu rêvas le pouvoir, sinon le diadème ;
Las d'exercer ton bras sur des noirs révoltés,
Souvent tournant les yeux vers nos bords regrettés,

---

1. Historique.

Tu pensas aux grandeurs, et peut-être... à la gloire.
La gloire!... Oh! non, ce mot n'a rien que d'illusoire;
C'est un mot bien ronflant, mais qui sonne le creux;
L'argent est plus solide et tinte beaucoup mieux.

C'est ce que tu compris quand, riche d'une épouse,
Des bords lointains du Cap, tu revins à Toulouse;
Un si noble génie, en France replanté,
Ne pouvait demeurer dans son obscurité.
Élu maire, bientôt l'amour de la patrie
S'éveilla comme un songe en ton âme attendrie,
Et, ce beau sentiment l'échauffant par degrés,
Tu rêvas le bonheur de tes administrés;
Leur bourse cependant étant fort aplatie,
Tu pelotas d'abord, en attendant partie,
Comme l'on fait toujours; et, de leur bien jaloux,
Tu voulus commencer par leur tâter le pouls[1].
Tu n'en eus pas le temps, car l'aveugle Fortune
Te porta d'un seul coup au pied de la tribune,
Et, fixant à la fois tes vœux irrésolus,
Te saisit au collet pour ne te quitter plus.

Alors, de mieux en mieux : bientôt le ministère
Ennoblit pour toujours ta race roturière;
Avant toi, sur ce siége un autre était assis;
Il partit, tu pris place. *Allons, saute, marquis!*

C'est un grand pas de fait; ministre! quel beau titre!
Du bonheur des Français te voilà donc l'arbitre.
Tu peux, jetant partout de bienfaisants regards,
Secóurir le malheur et protéger les arts;

---

1. « Quand j'aurai tâté le pouls à mon île, je te manderai s'il faut
que tu viennes m'y joindre. »

*(Lettre de Sancho à sa femme.)*

De ta bonté royale auguste et digne organe,
Le bien du malheureux de ton pouvoir émane,
Et le peuple, en ses maux t'invoquant nuit et jour,
Entre le prince et toi partage son amour,
Cependant quelques sots viennent se plaindre encore ;
Ils osent avancer que ta dent nous dévore,
Qu'un système nouveau, fatal à nos rentiers,
Alimenta la Seine et garnit les greniers.

Va, va, laisse crier les badauds au scandale ;
Tu peux dîner en paix : c'est John Bull qui régale ;
John Bull est un peu sot, il fait beaucoup de bruit,
Prend des airs mécontents, qu'aucun effet ne suit.
Parfois assez rétif, il se laisse, à vrai dire,
Par le premier faquin trop durement conduire.
Jadis, il a montré qu'il était maître aussi ;
Mais les temps sont changés ! Vieux, il s'est adouci ;
Oui, je l'ai dit souvent, tout s'efface avec l'âge,
Tout, jusqu'à la vertu, l'amour et le courage ;
Tout change et tout renaît, c'est un bienfait des cieux.
Jeune, l'homme triomphe ; il dort quand il est vieux.

Mais, grand homme, à quoi tend ce discours inutile ?
Qu'importe que ton nom soit blâmé par la ville ?
Qu'importe au denier trois que tes effets soient bas,
Et que John Bull se plaigne ou ne se plaigne pas ?
Les *empoigneurs* sont là, si John Bull n'est pas sage ;
S'il siffle un peu trop fort, on referme sa cage.
A présent, l'on craint peu qu'ennemi du repos,
Il n'aille renverser tes tranquilles bureaux,
Et, brisant à la fois ses pouvoirs arbitraires,
Crier : *Chassez les huit !* dans tous les ministères :
Le bon temps d'autrefois est là qui le poursuit,
Et son croquemitaine est arrivé sans bruit ;
Le bon père Escobar, revenu de sa fuite,

Ami des rois français, va régler leur conduite.
Il est vrai que, parfois, passant un peu le but,
Sa tendresse pour eux a hâté leur salut ;
Mais il revient enfin ; sa main, qui te protége,
Contre les accidents raffermira ton siége ;
Avec lui, sans danger tu régneras bientôt :
Il ne faut, pour cela, que baiser son ergot.

# UNE RÉPÉTITION

## DRACONNET, TRUFFALDIN.

**DRACONNET.**
*Il lit un discours manuscrit.*
*Ne sont point dans ce cas...* Mais qu'entends-je ? on murmure !

**TRUFFALDIN.**
Non ; c'est moi qui disais : « Tant mieux ! c'est la nature. »

**DRACONNET.**
Et pourquoi parlez-vous ?

**TRUFFALDIN.**
Ce n'est donc pas bien dit ?

**DRACONNET.**
Regardez, s'il vous plaît, mon discours manuscrit ;
Ces mots s'y trouvent-ils ?

**TRUFFALDIN.**
Pardonnez à mon zèle ;
Je pensais...

**DRACONNET.**
Vous pensiez... Indocile cervelle !
Avez-vous oublié que, dans les bons endroits,
Pour servir de guide-âne, on vous a fait des croix ?

Ne pourra-t-on jamais brider votre sottise?
Je veux bien vous permettre, alors que j'improvise,
Les exclamations et même quelques mots,
Pourvu qu'ils soient bien dits, et placés à propos;
Mais un discours écrit n'admet pas cette excuse.
Votre naïveté trop souvent vous accuse,
Et cela sert de texte à de mauvais plaisants
Pour nous incriminer, ou rire à nos dépens.
Retenez bien ceci : cette fois, je le passe ;
Mais un pareil méfait n'obtiendrait plus de grâce.
Maintenant, poursuivons... *Ne sont point dans ce cas:*
*Catéchismes, sermons, adresses, almanachs,*
*Billets de faire part... pourvu qu'il ne s'y trouve*
*Aucune allusion que notre goût réprouve...*
En faisant aux auteurs cette concession,
Nous montrons bien, messieurs, que notre intention
N'est pas de nuire en rien aux travaux de la presse.
Pourquoi donc ose-t-on nous répéter sans cesse
Que notre beau projet, au commerce fatal,
Va mener par la main la France à l'hôpital?...
L'État dépend-il donc du sort d'un mauvais livre,
Et, sans quelques pamphlets, l'homme ne peut-il vivre?...
Au contraire, messieurs, la science l'aigrit :
On est toujours méchant quand on a trop d'esprit;
Et nous avons vu tous que maint ouvrage atroce
Peut, d'un peuple mouton, faire un peuple *féroce.*
Mais, dit-on, par la loi que vous allez porter,
Des milliers d'écrivains cesseront d'exister.
Belle perte! A l'État sont-ils si nécessaires?
Pour un seul qui promet, combien d'auteurs vulgaires !
Nous en purgeons la France, et, s'il le faut, d'ailleurs,
Nous saurons bien d'entre eux distinguer les meilleurs,
Qui, par nous protégés, pourront, exempts de crainte,
Écrire décemment et sans trop de contrainte.
Comme Chateaubriand pourrait, de son côté,

S'ennuyer du silence et de l'oisiveté,
Au cas qu'il le désire, il aura l'avantage
D'écrire, dans *l'Étoile*, à quatre sous la page;
Lacretelle, Ségur, Barante, Villemain,
Lui devront, au besoin, donner un coup de main;
S'il faut absolument que Lavique rimaille,
Pour le *quatre novembre* on permet qu'il travaille;
Benjamin, Montlosier, feront quelques sermons;
Jouy, des alphabets pour les petits garçons;
Enfin d'être sauvé si Béranger se pique,
Il pourra, sans danger, chansonner le cantique.
Voilà de la douceur ! Mais des mauvais écrits
Les plus durs châtiments seront le juste prix;
Rien n'en peut aux auteurs sauver l'ignominie;
Et, s'il est dans ce cas, le plus brillant génie
Ira, dans quelque bagne ou dans quelque prison,
Travailler à la chaîne, ou filer du coton.

       Il s'arrête et se tourne vers Truffaldin.

Eh bien, mons Truffaldin, ne savez-vous pas lire ?
Après un tel morceau, c'est *bravo* qu'il faut dire.
Comment donc se fait-il qu'oubliant ma leçon,
Vous restiez devant moi muet comme un poisson?


       TRUFFALDIN.

Monseigneur, c'est trop tôt ! Il n'est plus temps de feindre;
Mon indignation ne peut plus se contraindre;
Et, dans mon cœur surpris, la crainte, le courroux,
Surmontent à la fin tout mon respect pour vous !


       DRACONNET.

Qu'est-ce que c'est, monsieur? et qui peut faire naître
Le scrupule nouveau que vous faites connaître?
Je croyais bien pourtant qu'il avait expiré
Sous les mets somptueux dont nous l'avions bourré.
Est-ce là, dites-moi, votre reconnaissance?

### TRUFFALDIN.

Je vous en dois beaucoup, je le sais ; mais la France
Aurait trop à souffrir du projet désastreux
Qu'ose Votre Grandeur exposer à nos yeux.
Ce n'est pas qu'en cela ma vertu considère
L'amour de la patrie, ou la peur de mal faire :
J'en ai su dès longtemps affranchir mon esprit ;
De tous ces préjugés l'homme sage se rit ;
Mais je frémis de voir que cette conjoncture
De nos petits péchés va combler la mesure,
Et que le dernier coup que vous osez porter,
Dans l'abîme avec vous va nous précipiter.

### DRACONNET.

Où donc en est le mal ? Compagnons de fortune,
La chance du destin doit nous être commune !...
Oui, je l'ai résolu, qu'on cède à mon désir ;
Dût, cette fois encor, le destin me trahir,
Je veux faire éprouver mon *amour* à la France ;
Puisqu'elle a ri longtemps de mon *indifférence*,
Je veux...

### TRUFFALDIN.

Le calembour est assez amusant !
Nous avons, je le vois, *un consul très-plaisant ;*
C'est bien heureux pour lui... Mais, moi, je ne puis rire
Lorsque son imprudence aussi loin nous attire ;
A ses autres projets, j'ai pu donner les mains,
Mais il est une borne au pouvoir des humains,
Une borne imposée au plus bouillant courage ;
Croyez-moi, la prudence est la vertu du sage ;
S'il faut, pour vous prouver mon respect, mon amour,
Voter vos autres lois, crier : *L'ordre du jour !*
Aux discours ennemis prodiguer le murmure,
Hurler, selon les temps : *A l'ordre ! La clôture !*
Ou même, chaque année, appuyer avec vous

Ce monstrueux budget où nous pâturons tous...
Je suis là ! Vous savez que mon cœur sans scrupule
Affronte le mépris comme le ridicule ;
Mais, de quelque couleur qu'on puisse le parer,
Ce projet m'a semblé trop dur à digérer.
Et que sera-ce donc si jamais il arrive
Que vous le présentiez dans sa beauté native ?...
Bientôt un juste cri d'horreur et de courroux,
De tous côtés parti, s'élancerait sur vous ;
On verrait aussitôt, déchus du rang suprême,
Les six petits tyrans crouler sous l'anathème ;
Et, comme il eût déjà tout pris sous son bonnet,
On conçoit bien qu'alors messire Draconnet
Ne serait pas sans peur, non plus que sans reproche,
Et dirait un peu tard : « J'ai fait une brioche ! »
Ne vous exposez pas à des regrets certains,
Seigneur ; de vos amis concevez les chagrins,
Quand un nouveau concierge en vos nobles demeures,
Voyant, selon l'usage, accourir, à cinq heures,
Les *trois cents* invités d'un banquet solennel,
Leur dirait : *C'en est fait ! le dieu manque à l'hôtel !*

### DRACONNET.

Oh ! je n'ignore pas qu'ils aiment ma cuisine,
Et moi par contre-coup, car c'est chez moi qu'on dîne.
Mais, si le sort trompait mon effort glorieux,
Cet hôtel cependant aurait de nouveaux dieux ;
Et mes *trois cents* amis, pour avoir la pitance,
Leur iraient humblement tirer la révérence.

### TRUFFALDIN.

Monseigneur...

### DRACONNET.

    Et vous-même, on pourrait vous y voir ;
Car vous fûtes toujours très-fidèle... au pouvoir !
D'ailleurs, en ce moment, il s'agit d'autre chose ;

Songez que c'est sur vous que ma faveur repose ;
Songez que vos efforts doivent, mieux qu'autrefois,
Envers vous, à leur tour, justifier mon choix.
Jusqu'ici, votre tâche était assez facile ;
Un peu plus de courage est maintenant utile.
Ne m'abandonnez pas au moment du danger ;
Qui fit beaucoup pour vous peut beaucoup exiger !
Oui, vous m'appartenez, gardez-en la mémoire ;
Croyez que Bonaparte, aux beaux jours de sa gloire,
N'eut point sur ses soldats de droits plus absolus.
Il disait : *Mes grognards* ; moi, je dis : *Mes ventrus !*
O nobles instruments de toute ma puissance,
Il faut récompenser ma longue patience...
Mais vous bien souvenir, pour n'en point abuser,
Que je vous fis moi-même... et pourrais vous briser !

### TRUFFALDIN.

Ah ! ce beau mouvement n'attendrit point mon âme ;
Voyez-vous, monseigneur, il faut changer de gamme ;
Votre projet vous plaît, gardez-le donc pour vous...
Moi, je n'y vois du reste à gagner que des coups.
Que si votre pouvoir marche à sa décadence,
Faire route avec vous serait une imprudence.
D'ailleurs, assez longtemps mon art sut l'appuyer,
Et je m'ennuie enfin d'un si vilain métier.

### DRACONNET.

Ah ! ah ! le prenez-vous ainsi, monsieur le drôle ?
Nous allons, en ce cas, jouer un nouveau rôle.
Trop bon jusqu'à présent, si je vous fis du bien,
Je puis....

### TRUFFALDIN.

Votre menace à mes yeux n'est plus rien !

### DRACONNET.

Non ; de ce calme en vain votre orgueil se décore,

Vous avez des emplois, vous me craindrez encore ;
Vous avez des parents qui, par mes soins placés,
Par mes soins aussi bien se verraient renversés ;
Oh ! quoique mon pouvoir vous paraisse fragile,
Le heurter maintenant n'est pas chose facile ;
Et ce qui va bien mieux en prouver les effets,
C'est que j'ose à moi seul ce qu'on n'osa jamais :
Renverser d'un seul coup, et dans le même abîme,
Tout ce qu'il est de beau, d'utile, de sublime...
Un si grand tour de force a de puissants appâts ;
Il plaît à mon courage, et ne l'étonne pas !
Ce peuple de badauds courbera sous ma chaîne ;
A coup sûr, son effroi me défend de sa haine...
C'est en vain qu'un instant, surtout de son repos,
Sa timide fureur s'exhale en vains propos.
Pour soutenir ses droits, que, dit-il, je profane,
Il invoque le trône... Eh bien, j'en suis l'organe !
Il invoque Thémis... J'en dicte les arrêts !
Il invoque les lois..., et c'est moi qui les fais !

TRUFFALDIN, ébranlé.

Oui, je dois avouer...

DRACONNET.

    Sachez mieux me connaître.
Sûr d'un heureux succès, j'ai des raisons pour l'être ;
Bientôt, quand à mes vœux tout se sera soumis,
Triomphe et récompense à mes dignes amis !
A ceux qui, m'appuyant dans un si noble ouvrage,
N'auront point un instant douté de mon courage...
Mais opprobre à celui qui, perfide apostat,
Aura quitté son maître au moment du combat !

TRUFFALDIN.

Je n'y puis résister : l'éloquence m'entraîne !
Je vous demande grâce, et je reprends ma chaîne.

Mon digne bienfaiteur, daignez me pardonner
L'écart où ma faiblesse avait pu m'entraîner;
Rendez-moi votre amour, calmez votre colère...

DRACONNET, *tendrement.*

Truffaldin, j'ai pour toi des entrailles de père.
Sois docile à mes vœux, et bientôt tu verras
Que *de notre embonpoint tous  nos amis sont gras.*
Même, afin d'affermir une amitié si pure,
Je pourrai, t'inscrivant pour une préfecture,
A ta fidélité l'offrir au premier jour...

TRUFFALDIN.

O Dieu ! quelle *justice !*... et surtout quel *amour !*

DRACONNET.

Tu vois mon amitié, tu vois ma bienveillance ;
Mais je compte, à mon tour, sur ta reconnaissance.
Feras-tu maintenant... ?

TRUFFALDIN.

Tout comme il vous plaira !
Je vote désormais tout ce que l'on voudra !
Oui, je vote... *quand même !*

DRACONNET.

Ah ! c'est comme il faut être.
Mon petit Truffaldin, viens embrasser ton maître !
Mon ami, mon espoir... Je t'attends à dîner.

A part, avec triomphe.

Oh ! que nous savons bien nous les *accoquiner !*

# A BÉRANGER

O D E

Des chants, voilà toute sa vie !
Ainsi qu'un brouillard vaporeux,
Le souffle animé de l'envie
Glissa sur son cœur généreux :
Toujours sa plus chère espérance
Rêva le bonheur de la France ;
Toujours il respecta les lois...
Mais les haines sont implacables,
Et sur le banc des vils coupables
La vertu s'assied quelquefois.

Qu'a-t-il fait ? pourquoi le proscrire ?
Ah ! c'est encor pour des chansons :
Courage ! étouffez la satire,
Au lieu d'écouter ses leçons.
Quand une secte turbulente,
Levant sa tête menaçante,
Brave les décrets souverains,
Vous restez muets, sans vengeance,
Et vous n'usez de la puissance
Que pour combattre des refrains...

O Béranger ! muse chérie !
Toi dont la voix unit toujours
Le souvenir de la patrie
Au souvenir de tes amours,
Tendre ami, poëte sublime,
Du pouvoir jaloux qui t'opprime
Tes nobles chants seront vainqueurs ;
Car ils parlent de notre gloire,
Et, comme un récit de victoire,
Ils ont fait palpiter nos cœurs.

Un jour viendra, la France émue
Rendra justice à tes vertus ;
On verra surgir ta statue...
Mais alors tu ne seras plus !
Car un poëte sur la terre
Doit lutter contre la misère
Et des détracteurs odieux,
Jusqu'au jour où, brisant ses chaînes,
Le droit vient terminer ses peines
Et le placer au rang des dieux.

Mais nous que charma son délire
Quand il chantait la liberté,
Accourons, enfants de la lyre,
Devançons la postérité.
Pour célébrer notre poëte,
Pour poser des fleurs sur sa tête,
N'attendons pas qu'il ait vécu...
Si dans la lutte qui s'engage
Son sort doit être l'esclavage,
Redisons tous : Gloire au vaincu !

1828.

# LE PEUPLE

## — 1830 —

Ô vous qui célébrez tous les pouvoirs, ainsi
    Que le canon des Invalides ;
    Et qui pendant la lutte aussi
    N'êtes jamais plus homicides ;
Les temps sont accomplis, le sort s'est déclaré,
    La force sous le droit succombe ;
    Par un effort désespéré
    La liberté sort de sa tombe !
A présent paraissez ; à la tête des rangs
Cherchez quelques héros à proclamer très-grands :
Mais, entre tous les noms que le siècle répète,
Un seul reste à chanter, cherchez, encore un nom,
Plus noble qu'Orléans, plus beau que la Fayette,
    Et plus grand que Napoléon.

### SA GLOIRE.

Le Peuple ! — Trop longtemps on n'a vu dans l'histoire
Pour l'œuvre des sujets que des rois admirés ;
    Les arts dédaignaient une gloire
    Qui n'avait pas d'habits dorés ;

A la cour seule était l'éclat et le courage,
    Et le bon goût et le vrai beau ;
Les vêtements grossiers du peuple et son langage
Faisaient rougir la muse et souillaient le pinceau...
    Qu'enfin ce préjugé s'efface !
Nous avons vu le peuple et la cour face à face,
Elle ameutant en vain ses rouges bataillons,
Lui sous leur jeu cruel marchant aux Tuileries ;
Elle tremblante et vile avec ses broderies,
    Lui sublime avec ses haillons !

### SA FORCE.

C'est que le peuple aussi, malheur à qui l'éveille !
Lorsque paisible il dort sur la foi des serments ;
    Il laisse bourdonner longtemps
    La tyrannie à son oreille.
Il semble Gulliver environné de nains.
    Voyez, par des fils innombrables,
    Des milliers de petites mains
    Fixer ses membres redoutables.
Ils y montent enfin, triomphent... le voilà
Bien lié... Que faut-il pour briser tout cela ?
Qu'il se lève ! Déjà de ses mains désarmées
Il lutte avec les forts où gît la trahison,
Et son pied en passant couche à bas les armées
    Comme les crins d'une toison.

### SA VERTU.

Je crois le voir encor, le peuple, aux Tuileries,
Alors que sous ses pas tout le palais trembla ;
    Que de richesses étaient là !...
    Étincelantes pierreries,
Trône, manteau royal sur la terre jeté,
Colliers, habits, cordons oubliés dans la fuite,
Enfin, tout ce qu'avait la famille proscrite
    De grandeur et de majesté.

Eh bien, de ces trésors, rien, pour lui, qui le tente ;
En les foulant aux pieds sa justice est contente,
Et, dans ce grand château d'où les valets ont fui,
Partout, sans rien détruire, il regarde, il pénètre,
Montrant qu'il est le roi, montrant qu'il est le maître,
    Et que tout cela, c'est à lui !

### SON REPOS.

Non, rien de ces trésors qu'il voit avec surprise
Ne le tente ! Il confie à des princes nouveaux
    Sa couronne qu'il a reprise,
    Et puis retourne à ses travaux.
Maintenant, courtisans de tout pouvoir qui règne,
Accourez ; battez-vous, traînez-vous à genoux,
    Pour ces oripeaux qu'il dédaigne
    Et qui ne sont faits que pour vous.
Mais, lorsque des grandeurs vous atteindrez le faîte,
N'ayez point trop d'orgueil d'être assis sur sa tête,
Et craignez de peser sur lui trop lourdement ;
Car, tranquille au plus bas de l'immense édifice,
Pour que tout, au-dessus, penche et se démolisse,
    Il ne lui faut qu'un mouvement !

Août 1830

# LES DOCTRINAIRES

A VICTOR HUGO

## I

Oh ! le vingt-huit juillet, quand les couleurs chéries,
Joyeuses, voltigeaient sur les toits endormis,
Après que dans le Louvre et dans les Tuileries
      On eut traqué les ennemis !
Le plus fort était fait : que cette nuit fut belle !
Près du retranchement par nos mains élevé,
Combien nous étions fiers de faire sentinelle
      En foulant le sol dépavé !

O nuit d'indépendance, et de gloire, et de fête !
Rien au-dessus de nous ! pas un gouvernement
      N'osait encor montrer la tête !
Comme on se sentait fort dans un pareil moment !
      Que de gloire, que d'espérance !
      On était d'une taille immense,
      Et l'on respirait largement !

## II

Ce n'est pas la licence, hélas! que je demande :
Mais, si quelqu'un alors nous eût dit que bientôt
Cette liberté-là, qui naissait toute grande,
    On la remettrait au maillot!
    Que des ministres rétrogrades,
Habitants de palais encore mal lavés
    Du pur sang de nos camarades,
    Ne verraient dans les barricades
    Qu'un dérangement de pavés!

Ils n'étaient donc point là, ces hommes qui, peut-être
Apôtres en secret d'un pouvoir détesté,
    Ont en vain renié leur maître
    Depuis que le coq a chanté!...
    Ils n'ont point vu sous la mitraille
Marcher les rangs vengeurs d'un peuple désarmé. .
    Au feu de l'ardente bataille
    Leur œil ne s'est point allumé!

## III

Quoi! l'étranger, riant de tant de gloire vaine,
    De tant d'espoir anéanti,
Quand on lui parlera de la grande semaine,
    Dirait : « Vous en avez menti! » —
Le tout à cause d'eux! au point où nous en sommes,
    Du despotisme encore...? Oh non!
    A bas! à bas! les petits hommes!
    Nous avons vu Napoléon!

Petits! — Tu l'as bien dit, Victor, lorsque du Corse
Ta voix leur évoquait le spectre redouté,
Montrant qu'il n'est donné qu'aux hommes de sa force
    De violer la Liberté!

    C'est le dernier! on peut prédire
    Que jamais nul pouvoir humain
Ne saura remuer ce globe de l'Empire
    Qu'il emprisonnait dans sa main!

## IV

Et, quand tout sera fait, que la France indignée
Aura bien secoué les toiles d'araignée
    Que des fous veulent tendre encor; —
    Ne nous le chante plus, Victor,
Lui, que nous aimons tant, hélas! malgré des crimes
Qui sont, par une vaine et froide majesté,
D'avoir répudié deux épouses sublimes,
    Joséphine et la Liberté!

Mais chante-nous un hymne universel, immense,
Qui par France, Belgique et Castille commence...
Hymne national pour toute nation!
Que seule à celui-là la Liberté t'inspire!...
    Que chaque révolution
    Tende une corde de ta lyre!

16 octobre 1830.

# NOS ADIEUX

## A LA CHAMBRE DES DÉPUTÉS

### DE L'AN 1830

OU

## ALLEZ-VOUS-EN
## VIEUX MANDATAIRES

PAR

### LE PÈRE GÉRARD

PATRIOTE DE 1789, ANCIEN DÉCORÉ DE LA PRISE
DE LA BASTILLE

DÉDIÉS

### AUX ÉLECTEURS
## DE PARIS ET DE TOUTE LA FRANCE

# AU PEUPLE

Le père Gérard, comme vous le savez, braves gens, fut un honnête patriote de 89, qui publia, non pas de gros livres, mais de petits écrits destinés à l'amusement et surtout à l'instruction du peuple. Il avait fait d'assez bonnes études; il était malin, homme de sens, et ne se laissait pas séduire par de belles paroles; de sorte que, lorsqu'il découvrait quelques manigances faites contre le peuple par les hommes qui sont payés pour le rendre heureux, il prenait aussitôt la plume pour expliquer clairement la chose; il n'engageait pas les gens à s'attrouper, à crier dans les rues, car ce sont des jeux d'enfants qui ne mènent à rien; mais il leur disait: « Faites vos plaintes comme des hommes doivent le faire : si mauvaises que soient les lois d'un pays, l'opprimé peut toujours se faire entendre ; celui qui ne réclame que ce qui est juste peut avoir la parole haute et le regard assuré, et, si on ne l'écoute pas, il a le droit de chansonner les fonctionnaires sourds et malavisés : les Richelieu, les Mazarin n'ont point échappé aux noëls dont on chantait les refrains sur la place Royale, et jusque sous les portes du Louvre.

Du temps de l'Empire, le père Gérard a gardé le silence; on parlait trop souvent de la gloire pour qu'il fût question de la liberté.

Pendant la Restauration, on parlait trop souvent du droit divin pour qu'on s'occupât d'autre chose.

Enfin le peuple, qui n'avait pas donné sa démission, comme l'a dit un jour un patriote mal avisé, le peuple s'est réveillé, et en trois jours l'affaire a été bâclée.

En revoyant le drapeau tricolore, en entendant crier de toutes parts : «Vive la liberté ! » le père Gérard a failli mourir de joie. Mais, il faut le dire, cette joie a été de peu de durée. D'un côté, les gens de l'Empire, de l'autre, les gens de la Restauration n'ont pas fait de la nouvelle Charte une bien grande vérité, et les députés nommés par les électeurs de Charles X et les pairs de France choisis par Louis XVIII, tous ces gens-là n'étaient pas propres à la rendre plus véridique. De compte fait, dans cette grande révolution, nous n'avons eu jusqu'à présent qu'un seul grand fonctionnaire à l'essai, c'est le roi Louis-Philippe: il s'est donc trouvé seul contre tous, et, s'il n'a pas fait tout le bien qu'il désire, rien n'est encore perdu, puisque les électeurs vont user du droit qu'ils ont de changer les conseillers.

Le moment est donc décisif pour le bonheur de la France; et, si le père Gérard n'est plus d'âge à entrer dans la fabrication de ces longs journaux où le peuple ne comprend pas grand'chose, car on y embrouille les questions les plus claires, le père Gérard offre à ses lecteurs populaires la Biographie chantante de nos députés, et plus tard celle de nos ministres, braves gens d'ailleurs, qui n'ont pas mal fait leurs affaires, tout en dérangeant les nôtres.

LE PÈRE GÉRARD.

# NOS ADIEUX

## A LA CHAMBRE DE 1830

Air : Allez-vous-en, gens de la noce.

Votre insupportable éloquence,
Neuf mois nous fit gémir assez.
Il était bien temps que la France
Vît tous ses sauveurs enfoncés.
Allez-vous-en, vieux mandataires,
Allez-vous-en chacun chez vous !

Vous avez pris toutes les places ;
Après vous il ne reste rien,
Et nous voyons, heureux paillasses,
Que vous voulez tous notre bien.
Allez-vous-én, etc.

Blin de Bourdon et Lardemelle,
Bois-Bertrand, Noailles et Berryer,
Votre collége vous appelle,
Les électeurs vont vous crier :
Allez-vous-en, etc.

Cachez votre figure blême,
Vous avez trop versé de pleurs.
Sur la duchesse d'Angoulême
Et sur les bons rois mitrailleurs.
Allez-vous-en, etc.


Vous aurez beau vous mettre en quatre,
Pour vous plus de majorité,
Et l'électeur saura rabattre
Votre goût pour l'hérédité.
Allez-vous-en, etc.


Monsieur Périer, ta présidence
Ne fut qu'intrigue et que rumeur :
Tu n'étais pas à la séance
Un garçon de bien bonne humeur.
Allez-vous-en, etc.


Si Viennet fut par son manége [1]
De Constant l'heureux substitut,
A Béziers, le petit collége
Votera mieux que l'Institut.
Allez-vous-en, etc.


Salvandy, défenseur des Suisses [2],
A presque vanté Trestaillon;

1. Viennet n'a pas toujours voté avec le juste milieu; ainsi il n'aura satisfait ni les centres ni les patriotes; gare les élections! c'est lui qui a empêché notre Benjamin de traverser l'Académie. Sa vanité lui fera commettre encore bien d'autres fautes.

2. Les personnes qui connaissent la naissance de M. Salvandy prétendent qu'il ne lui appartenait pas de maltraiter le menu populaire.

Il s'est mis dans les écrevisses,
On doit le mettre au court-bouillon.
Allez-vous-en, etc.


« L'argent fait tout, » a dit Gridaine[1] ,
Le drapier veut des majorats ;
On lui dira, dans les Ardennes :
« Tu t'es mis dans de mauvais draps. »
Allez-vous-en, etc.


Gaëtan, qui se désespère[2],
Pleure les croix, pleure les lis.
« Il n'est pas digne de son père ! »
Voilà ce qu'on dit à Senlis.
Allez-vous-en, etc.


Le gros Méchin souffle et soupire ;
Il a bavardé sans esprit.
Ce n'est qu'un préfet de l'Empire,
Et tout son empire est détruit.
Allez-vous-en, etc.


Renard, député de Marseille,
N'a rien dit pour la liberté ;
Aux électeurs, moi, je conseille
De dire au jeune député :
Allez-vous-en, etc.


1. M. Cunin-Gridaine a parlé contre l'abaissement du cens électoral.
C'est un marchand de drap qui, semblable à M. Guillaume de l'*Avocat Patelin*, n'a jamais rien inventé qu'avec son teinturier.

2. C'est le fils de l'honorable la Rochefoucauld-Liancourt.

Monsieur Jars prêcha plus d'un prône
En l'honneur du *juste milieu*,
Et déjà l'électeur du Rhône
Lui prépare un dernier adieu.
Allez-vous-en, etc.


L'avocat Barthe eut la simarre
En se réveillant en sursaut;
Mais, un beau jour, ainsi qu'Icare,
Il pourra faire un fameux saut.
Allez-vous-en, etc.


Agier, tout fier de sa cocarde,
Marmier, deux pauvres orateurs,
Vont bientôt descendre la garde,
Sous le feu de nos électeurs.
Allez-vous-en, etc.


Guizot, grand professeur d'histoire,
On va rabattre ton caquet.
Vatimesnil, réquisitoire,
Tu retourneras au parquet.
Allez-vous-en, etc.


Salins, pauvre ville de France,
A vu son dernier toit roussi;
Plus grande encor fut sa souffrance
En prenant l'homme de Bercy [1].
Allez-vous-en, etc.

1. L'abbé Louis, grand destituteur en 1815, tripote encore nos finances en 1831. Il a commencé sa fortune dans les entrepôts de Bercy, et Dieu sait comment!... Ce marchand de vins et d'opinions frelatés est aujourd'hui baron. C'est le plus grand ennemi des patriotes.

Lameth, avec sa peur panique,
Parle comme un spectre aux abois ;
Il rêve tant la République,
Qu'il a dit : « Deux et deux font trois ! »
Allez-vous-en, etc.


Royer-Collard, par ses manéges,
N'est plus qu'un carliste importun :
Il eut les voix de huit colléges :
Maintenant en aura-t-il un ?
Allez-vous-en, etc.


Bien qu'il s'échauffe en une serre,
Et qu'il parle sur tous les tons,
Engageons Poyferré de Cerre [1]
A retourner à ses moutons.
Allez-vous-en, etc.


Faut-il une bouche éloquente
Pour bâiller au juste milieu ?
Duboys (d'Angers), ta voix tonnante [2]
Dans l'Assemblée a fait long feu.
Allez-vous-en, etc.


Sébastiani, ta renommée
S'en va tout à fait à vau-l'eau ;

1. Ce député est surnommé depuis longtemps le berger impérial.
Napoléon l'avait nommé chef des mérinos. Depuis, il n'a fait que béler
dans les centres, et, une fois, à la tribune, contre les journalistes : il
les fit chasser de leur place.

2. Ce député est celui que l'empereur choisit pour prononcer le
fameux discours du champ de mai. Il a une voix de stentor ; mais il
ne s'est pas enrhumé à la Chambre de 1830. Il s'est borné à faire placer ses parents, ses amis et connaissances, sans s'oublier lui-même.

Tu ne rappelles plus l'armée :
Tu ne rappelles qu'un tonneau.
Allez-vous-en, etc.


Monsieur Baron, grand personnage,
Quinze ans aux Chambres fut porté :
Grasse va le laisser en gage,
En gage au mont-de-piété.
Allez-vous-en, etc.


André (du Rhin), avec rudesse [1]
Traite nos journaux quotidiens :
Il donne un soufflet à la presse,
Rendez-le-lui, bons Alsaciens.
Allez-vous-en, etc.


Amiens doit rendre enfin justice
Au muet qui si bien feignit,
Et renvoyer à la police
Le haut baron de Rumigny [2].
Allez-vous-en, etc.


Pendant trente ans, Favard-Langlade
Ne fut qu'un député *tory*,
Et pour cet orateur maussade,
Issoire fut un bourg pourri [3].
Allez-vous-en, etc.

---

1. Voyez son rapport sur la loi de la presse.
2. L'affaire Cavaignac et Trélat.
3. Cette petite ville du département du Puy-de-Dôme renferme des patriotes énergiques ; mais à aucune époque elle n'a pu se débarrasser du sieur Favard, qui se fait appeler Langlade, du nom d'une terre.

Monsieur Gautier crie au scandale [1],
Et voit la presse tout en noir...
Bordeaux ! que l'urne électorale
Montre un quatrième pouvoir.
Allez-vous-en, etc.


Delessert paraît sans malice,
Mais il est brutal à l'excès ;
Il est poli comme un gros Suisse,
Il parle suisse à des Français.
Allez-vous-en, etc.


Persil, amateur des menottes [2],
Nous fit appréhender au corps ;
Il mit dedans les patriotes,
Condom va le mettre dehors.
Allez-vous-en, etc.


Villèle a perdu la pairie,
Il s'agite encore en tous sens ;
Mais Toulouse aime la patrie.
Qui veut nommer un des trois cents ?
Allez-vous-en, etc.


Le baron Laugier, maire d'Arles,
Parmi nous peut-il être admis ?

1. M. Gautier est le grand restaurateur de Bordeaux, l'homme du
12 mars. Comment pouvait-il s'attacher à la victoire qui renversait la
famille qu'il avait défendue toute sa vie!

2. Tout a été dit sur M. Persil. En quelques mois, il a dépassé la cé-
lébrité des Bellart et des Marchangy, le talent excepté. Condom est
le nom de la ville qui nous a fait le triste cadeau de ce député.

Le bon ami du bon roi Charles
Peut-il rester de nos amis?
Allez-vous-en, etc.


Saint-Criq tripote à la douane
Et rêve de nouveaux impôts.
Son ami Duvergier d'Hauranne,
A, comme lui, droit au repos.
Allez-vous-en, etc.


Les électeurs livrent bataille
Aux bons carlistes de l'Hérault;
A Montpellier, monsieur Pataille
Ne servira plus de héraut.
Allez-vous-en, etc.


Lunéville est cité guerrière,
Et se rappellera, dit-on,
Qu'elle doit porter en bannière
Un coq et non pas un mouton[1].
Allez-vous-en, etc.


D'une période éternelle,
Lyon nous fit le don fatal,
Et doit laisser monsieur Prunelle[2]
De service à son hôpital.
Allez-vous-en, etc.


1. M. le comte de Lobau, ou Mouton tout court, est député de Lunéville. Ses derniers exploits à la place Vendôme refroidiront les électeurs lorrains.

2. M. Prunelle, maire de Lyon, est un médecin. On s'en est aperçu à ses discours mélangés de mots pharmaceutiques. Le docteur voulait

Nous avons trop vu la grimace
De tous les hommes de château ;
Laissons avec leur garde-chasse
Messieurs Clarac et Rambuteau.
Allez-vous-en, etc.


Les Provençaux que l'on renomme
De leur choix ne seront pas fiers ;
Ils avaient cru nommer un homme,
Mais ils n'avaient nommé qu'un Thiers[1].
Allez-vous-en, etc.


Bertin de Vaux par sa gazette
Ne fait qu'un méchant bacchanal.
Versaille a sonné la retraite
Du rédacteur et du journal.
Allez-vous-en, etc.


Montbrison n'aime pas la fraude,
Les électeurs le prouveront ;
Des éperons de monsieur Baude[2]
Les électeurs se souviendront.
Allez-vous-en, etc.

---

traiter ses collègues comme des malades. Il avait raison, mais ce n'é-
tait pas à lui qu'il appartenait de les guérir.

1. Ce petit homme, député d'Aix en Provence, ne mérite point les
reproches des carlistes de cette ville. Secrétaire des finances, il n'a pas
rendu service à un seul patriote, et s'entendait à merveille avec l'abbé
Louis, leur plus grand ennemi.

2. Éperonné comme un coq, M. Baude, innocent préfet de police,
se rendit à la Chambre pour la rassurer contre une conspiration. Les
soi-disant conspirateurs ne sortirent des carrières que pour se griser
au cabaret. M. Baude en fut pour sa toilette militaire.

Badigeonneur de notre charte,
Qu'est devenu monsieur Bérard?
Il ne dit mot; perd-il la carte?
Les canaux l'engraissent à lard.
Allez-vous-en, etc.


Benjamin meurt; sans espérance
Il voit nos droits à leur déclin.
Est-ce pour consoler la France
Que l'Alsace nomme Athalin[1]?
Allez-vous-en, etc.


Madier-Montjau, grand escogriffe[2],
N'a plus qu'un esprit très-bouché;
Il a tant hurlé sur l'affiche
Que lui-même s'est affiché.
Allez-vous-en, etc.


Mestadier, bavard sans logique[3],
Amende, amende à tout moment,
Et notre urne patriotique
L'oublîra par amendement.
Allez-vous-en, etc.


Nommez au bord de la Garonne
Un éligible à cinq cents francs,

1. Si M. Athalin avait remplacé un autre député que Benjamin Constant, on ne s'en serait pas aperçu.

2. Voyez la séance où il a joué à la tribune une scène de mélodrame, une affiche à la main.

3. Voilà encore un député et un juge inamovibles. Il serait bien temps que les électeurs nous débarrassassent au moins de la double inamovibilité!

Car l'oiseau Jay nous abandonne[1]
Et nous voulons des garçons francs.
Allez-vous-en, etc.


D'un avocat plein de rancune
L'Yonne va donc se purger.
Jacqueminot de Pampelune [2]
N'accusera plus Béranger.
Allez-vous-en, etc.


Ce bon monsieur de Ribeyrole,
S'attaquant au brave Marschal,
N'a pris qu'une fois la parole,
Encore a-t-il parlé fort mal.
Allez-vous-en, etc.


Aussi bon préfet de la Seine
Qu'orateur du *juste milieu*,
A monsieur de Bondy, sans peine,
Les électeurs diront adieu.
Allez-vous-en, etc.


En gardant son préfet novice,
Aubernon, parleur entêté [3],
Versailles rend un grand service

1. M. Jay, rédacteur du *Constitutionnel*, député de Libourne, n'a siégé que huit jours, et ce ne sera pas pour lui la grande semaine, car il s'est déclaré le champion du *juste milieu*.

2. En buvant leur excellent vin de Bourgogne, les électeurs d'Auxerre chantent Béranger. Renommeront-ils l'homme qui fit mettre notre grand poëte en prison ?

3. Nommé après les trois jours par le collége de Draguignan, ce député, parent de M. Laffitte, a parlé aussi mal qu'il a voté. Il a persécuté les associations patriotiques ; il n'a protégé que les carlistes, et s'est fait encenser dans son église comme un nouveau seigneur de village.

Aux amis de la liberté.
Allez-vous-en, etc.


Humann était de bonne pâte,
Strasbourg avait un bon sujet ;
Mais il paraît que l'on se gâte,
En tripotant dans le budget.
Allez-vous-en, etc.


Baron de nouvelle fabrique [1],
Pierrefeu n'est pas un malin.
Toulon apprête sa musique
Pour honorer cet ex-vilain.
Allez-vous-en, etc.


Châteaudouble a pris tous les rôles [2],
Tout son esprit est d'émarger.
Les bonnes prunes de Brignoles,
Il ne pourra plus les manger.
Allez-vous-en, etc.


Soutien de la liste civile,
Monsieur Thil, orateur gratis [3],
Veut que l'on paye à domicile
Les favoris de Charles Dix.
Allez-vous-en, etc.


1. Grand dénonciateur en 1815, M. Auran de Pierrefeu, député de Toulon, a été nommé baron sous la Restauration.

2. Paul de Châteaudouble est député de Brignoles, dont il a fait son bourg pourri depuis 1815. Il est aujourd'hui sous-directeur de la caisse d'amortissement. Homme de tous les centres, il mange au budget comme tous ses honorables collègues du *juste milieu*.

3. Voyez son rapport sur la liste civile. M. Thil a proposé de ne

On a parlé d'un sacrilége ;
A Tournon résonne le glas,
Et le président du collége
Dit au jeune Boissy d'Anglas[1] :
Allez-vous-en, etc.


Blois connaît bien notre misère.
A l'homme sec, au cœur d'airain,
Au sieur Pelet (de la Lozère)
On répétera ce refrain :
Allez-vous-en, etc.


Du gros banquier bien impassible
Qui pour lui toujours votera,
Du sieur Durand l'inamovible[2],
Perpignan nous délivrera.
Allez-vous-en, etc.


Monsieur de Leyval, vieux carliste,
Fut tantôt blanc, et tantôt brun.
Clermont va rayer de sa liste
Ce bourbonien deux-cent-vingt-un.
Allez-vous-en, etc.

---

point reviser les pensions de 250 francs ; ce sont précisément celles
dont jouissent encore les chouans de Bretagne et les verdets du Midi.

1. A peu d'exceptions près, les jeunes députés ont voté avec le *juste
milieu*, et ont fait la cour aux ministres pour en obtenir des places.
M. Boissy d'Anglas est de ce nombre. Les électeurs lui en ont fait un
reproche public.

2. M. Durand a deux frères banquiers, l'un à Marseille, l'autre à
Montpellier. Les trois frères députés ont toujours voté et braillé dans
les centres.

Le grand chef de nos catacombes,
Le sieur Héricart de Thury,
Ira s'égayer dans ses tombes,
Près du vieux saule Kératry[1].
Allez-vous-en, etc.


Par des mesures salutaires,
Tout en l'honneur du vieux Bourbon,
On va renvoyer dans ses terres
Monsieur le marquis de Cambon.
Allez-vous-en, etc.


De Quélen crie au sacrilége[2],
Et, pour consoler le pleurard,
On lui mande de son collége
Une lettre de faire part.
Allez-vous-en, etc.


Pauvre Chilhaud la Rigaudie[3] !
Tu n'as plus d'huile en ton flacon.
Qui nous rendra ta parodie,
Ta queue et ton accent gascon ?
Allez-vous-en, etc.

---

1. M. Kératry a renié en quelques mois une belle et bonne opposi-
tion de quinze années. Il n'est pas le seul rédacteur du *Courrier* auquel
le pouvoir ait tourné la tête.

2. C'est le frère de l'archevêque de Paris. Il est enfin monté à la tribune pour pleurer les misères de Monsieur de Paris, et tous les centres
de s'écrier : « Le pauvre homme ! »

3. Ce ventru, président d'âge, disait ingénument que la Chambre
ne pourrait pas s'ouvrir sans lui.

Bizen-Lézard change de vote,
Et c'est presque un petit Brutus ;
Mais qui peut voir un patriote
Dans le serviteur des pointus [1] ?
Allez-vous-en, etc.


Destourmel a tendu la patte [2],
Cambrai ne veut plus du souplet ;
On en a fait un diplomate,
Bon voyage, cher Dumolet !
Allez-vous-en, etc.


Sir Arthur de la Bourdonnaie [3],
En vain vous mendiez nos voix,
Passez, on n'a pas de monnaie :
D'Henri V cherchez le pavois.
Allez-vous-en, etc.


Lemore, grand voteur du centre [4],
Est religieux à l'excès.
Tout au ministre et tout au ventre,
C'est un vrai chevalier français.
Allez-vous-en, etc.


1. Ce parti ainsi nommé par le *Journal des Débats* parce qu'il faisait une pointe du côté droit, avait pour chef M. de la Bourdonnaie.

2. Ce député, l'un des meneurs de la réunion Lointier, et qui n'avait jamais été employé dans la diplomatie, vient d'accepter une modeste place d'ambassadeur dans la Colombie.

3. Paris retentissait encore des cris de blessés de Juillet lorsque ce député a osé parler de la bonté de Charles X.

4. M. Lemore, député, est un bon homme, légitimiste incarné.

Monsieur Lefèvre a la folie
D'enfler un budget indiscret;
Nos charges, il les multiplie,
Et tous nos droits, il les soustrait.
Allez-vous-en, etc.


Chef de la Banque, et plus terrible,
Odier nous semble encor plus grec,
Autant qu'un chiffre est insensible,
Comme un chiffre il a le cœur sec.
Allez-vous-en, etc.


Messager du duc d'Angoulême,
Et pour Charle implorant merci,
Dans les trois jours on vit tout blême
Ce pauvre monsieur de Sussy [1].
Allez-vous-en, ete.


A Digne, les baigneurs malades
Au repos vont le convier.
Le pavé de nos barricades
Devait mettre à nu le Gravier [2].
Allez-vous-en, etc.


L'électeur prendra sa revanche
Avec Esnouf, brave escargot,
Et ne mettra plus dans sa manche

1. Après les trois jours, M. de Sussy vint proposer à l'hôtel de ville, et de la part de Charles X, le rapport des ordonnances et un nouveau ministère dont M. de Mortemart et M. Casimir Perier faisaient partie : l'un est ambassadeur, l'autre est ministre. M. de Sussy a eu tort de pleurer..., rien n'est changé.

2. M. Gravier, député de Digne et propriétaire des bains, s'est fait

Le mari de madame Angot [1].
Allez-vous-en, etc.


Électeur, le pays t'implore,
Ne nomme plus d'hommes en *gnac*.
Martignac, Mayrinhac encore,
Sans oublier monsieur Preissac.
Allez-vous-en, etc.


Enfin la France libérale
Aux deux-cent-vingt disant adieu,
D'un coup de cloche électorale
Va briser le *juste milieu*.
Allez-vous-en, etc.


A la Pologne, à l'Italie
La France offrant son bras nerveux,
Doit se défaire d'une lie
Qui corrompt son sang généreux,
Allez-vous-en, etc.


Brave Dupont, bon Lafayette,
Un tel refrain n'est pas pour vous.
La France entière vous répète :
Patriotes, veillez pour tous.
Grands citoyens, chefs populaires
Nous vous nommons, défendez-vous !

---

donner la place de caissier de l'amortissement : c'est ainsi que les ventrus de la Restauration faisaient les affaires des autres.

1. M. Angot et son collègue Esnouf, député de Cherbourg, n'ont
jamais eu la maladresse de se brouiller avec aucun ministre.

# EN AVANT MARCHE !

J'entendis ces mots, prononcés distinctement en français :
« En avant, marche!... » Je me retournai, et je vis une troupe
de petits Arabes tout nus qui faisaient l'exercice avec des
bâtons de palmier.                    CHATEAUBRIAND.


## I


En avant, marche!... Amis, c'est notre cri d'attaque.
De départ, de conquête... Il a retenti loin :
    Aux plaines blanches du Cosaque,
    Aux plaines jaunes du Bédouin !
Les peuples nos voisins l'ont dans l'oreille encore,
    Car, sous le drapeau tricolore,
    Il les guida contre le czar,
Lorsque leurs légions à nos succès fidèles
    De l'aigle immense étaient les ailes,
    Le jour d'Austerlitz... et plus tard.


La Grande Armée enfin se remet en campagne !
Accourez, Nations, sous sa triple couleur;
    Que la Liberté joue et gagne
    La revanche de l'empereur !

10

En avant, marche!... Est-il une cause plus belle?
La Pologne encor nous appelle,<br>
Il faut écraser ses tyrans !
Une neige perfide en vain ceint leurs frontières...
Prenons le chemin que nos frères<br>
Ont pavé de leurs ossements !...

En avant, marche ! la Belgique !<br>
Toi, notre sœur de liberté,<br>
Viens pour cette guerre héroïque<br>
La première à notre côté !<br>
Et, si tu sais dans quelle plaine<br>
Un jour dix rois ivres de haine<br>
Ont voulu pousser au tombeau<br>
La France lâchement frappée...,<br>
Aiguise en passant ton épée<br>
Au monument de Waterloo !

En avant, marche ! l'Italie !<br>
Les sépulcres de tes héros,<br>
Alors que la liberté crie,<br>
Ont de magnifiques échos :<br>
Longtemps tu leur fermas l'oreille;<br>
Mais, puisqu'enfin tu te réveille,<br>
Viens, ton opprobre est effacé !...<br>
Ce jour aux vieux jours se rattache,<br>
Et les vivants ne font plus tache<br>
Au sol glorieux du passé !

En avant, marche ! l'Allemagne !<br>
Hourra ! les braves écoliers !<br>
Par la cendre de Charlemagne !<br>
Voulez-vous être les derniers?<br>
Les âmes sont-elles glacées<br>
Au pays des nobles pensées

Et de la foi des anciens temps?...
Non! notre feu s'y communique,
Et le vieux chêne teutonique
Reverdit avant le printemps!

Sommes-nous là tous?... Déjà brille
Pour nous accompagner toujours
Le beau soleil de la Bastille
Et d'Austerlitz et des trois jours?
Marchons! la voici reformée
Après quinze ans, la Grande Armée!...
Mais à des succès différents
Quoique la liberté nous mène,...
Pour l'ombre du grand capitaine,
Laissons un vide dans les rangs!

Ah! ah! la route est belle, et chère à notre gloire...
Toutes les plaines, là, sont des pages d'histoire;
Mais combien de Français y sont ensevelis!...
Oh! pourtant nous aurons l'âme joyeuse et fière,
Quand nos pieds triomphants fouleront la poussière
D'Iéna, de Friedland, d'Essling ou d'Austerlitz!

Puis, avant d'arriver jusqu'à l'empire russe,
Nous pousserons du pied et l'Autriche et la Prusse,
Tuant leurs aigles noirs qui semblent des corbeaux;
Et nous rirons à voir ces vieilles monarchies
Honteuses, choir parmi leurs estrades pourries,
Leurs tréteaux vermoulus et leur pourpre en lambeaux!

Et, l'apercevez-vous, mes amis, qui sans cesse
Sur la pointe des pieds, haletante, se dresse...
La Pologne... pour voir si nous n'arrivons pas?...
Enfin notre arc-en-ciel à l'horizon se montre :

... Ah! le voyage est long, frères, quand on rencontre
Un trône à renverser sous chacun de ses pas!

Nous voici!... Dans nos rangs vous savez votre place,
      Braves de Pologne, accourez!
Maintenant, attaquons dans ses remparts de glace
      Le géant et marchons serrés!
Car il faut en finir avec le despotisme :
      Ceci, c'est une guerre! et non
De ces guerres d'enfant où brillait l'héroïsme
      De Louis Antoine de Bourbon...

Mais une guerre à mort! et des batailles larges
      Avec des canons par milliers!
Où viendront se heurter en effroyables charges
      Des millions de cavaliers!
Guerre du chaud au froid, du jour à l'ombre.... Guerre
      Où le ciel dira ses secrets!
Et telle qu'à coup sûr les peuples de la terre
      N'en oseront plus faire après!
Là, quinze ans de vengeance entassée et funeste
      Éclateront comme un obus,
Et coucheront à bas plus d'hommes que la peste
      Ou que le choléra-morbus!
Là, le sang lavera des affronts sanguinaires,
      Et sur nos bataillons épars,
Nous croirons voir toujours les ombres de nos frères
      Flotter comme des étendards!

## II

Ut turpiter atrum
Desinat in piscem mulier formosa supernè.
**HORACE.**

Que dis-je? hélas! hélas! Tout cela, c'est un rêve,
 Un rêve à jamais effacé!...
L'autocrate est vainqueur... le niveau de son glaive
 Sur notre Pologne a passé!
C'est en vain, qu'à la voir tomber faible et trahie,
 La honte nous montait au cœur;
En vain que nous tendions de toute sa longueur
 La chaîne infâme qui nous lie!...
Mais c'est fini!... L'éclat dont notre ciel brillait
 S'évanouit... le temps se couvre,
La gloire de la France est enterrée au Louvre
 Avec les martyrs de Juillet!...
Une vieille hideuse à nos yeux l'a tuée,
 Vieille à l'œil faux, aux pas tortus,
La Politique enfin, cette prostituée
 De tous les trônes absolus!


Oh! que de partisans s'empressent autour d'elle!
 Jeunes et vieux, petits et grands,
Inamovible cour à tous les rois fidèle,
 Fouillis de dix gouvernements;
Avocats, professeurs à la parole douce,
 Mannequins usés aux genoux,
Tout cela vole, et rampe, et fourmille, et se pousse,
 Tout cela pue autour de nous!...


C'est pourquoi nous pleurons nos rêves poétiques,
 Notre avenir découronné,

Nos cris de liberté, nos chants patriotiques!...
Leur contact a tout profané!
Notre coq, dont ils ont coupé les grandes ailes,
Dépérit, vulgaire et honteux;
Et nos couleurs déjà nous paraissent moins belles
Depuis qu'elles traînent sur eux!

Oh! vers de grands combats, de nobles entreprises,
Quand pourront les vents l'emporter,
Ce drapeau conquérant, qui s'ennuie à flotter
Sur des palais et des églises!
Liberté, l'air des camps aurait bientôt reteint
Ta robe, qui fut rouge et bleue...
Liberté de juillet! femme au buste divin,
Et dont le corps finit en queue!

1831.

# NAPOLÉON[1]

— Décembre 1840 —

## I

Un roc était assis au milieu des orages,
Et les aigles de mer dans ses antres sauvages
Allaient seuls déposer leur nid et leur amour,
Tandis que les pétrels, fatigués des tempêtes,
Couronnaient de ses pics les grisâtres arêtes
  Au soleil maudit d'un beau jour.

Parfois on entendait les échos du roc sombre
Répondre au canon lent d'un navire qui sombre,
Et puis les flots roulants de l'abîme béant
Reprenaient leur murmure, et, creusant le rivage,
Caressaient sans relâche une tombe sauvage
  Où gisaient les os d'un géant.

---

1. Gérard de Nerval a signé cette pièce, qu'il écrivit pour le retour des cendres de l'empereur, du pseudonyme de Gustave Delorne.
          (*Note de l'éditeur.*)

Son ombre se plaisait au choc de la tourmente ;
Il préférait au bruit d'une eau douce et dormante
Le caprice des mers et leur chant éternel.
Il voyait, sans songer à la foule alarmée,
Dans chaque haute vague, un général d'armée ;
     Dans chaque flot, un colonel.


Car il n'avait point pris au lait d'une mamelle
Le tendre amour du cœur ou la douceur femelle,
Mais il avait sucé la moelle du lion ;
Et son cœur ceint d'acier, aussi bien que sa taille,
Moissonnait plus d'humains en un champ de bataille
     Que n'en sema Deucalion.


Né pauvre, noble et fier comme un seigneur d'Espagne,
Il eût vendu sa sœur pour entrer en campagne,
Et marché sur sa mère au feu de l'ennemi.
Des noms d'usurpateur et de tyran farouche,
Jamais de tous ces noms dont s'indigne la bouche
     Son oreille n'avait frémi.


Ses yeux lançaient du feu comme fait un cratère.
Pour son ambition, c'était peu de la terre,
Et l'empereur avait voulu se faire dieu ;
Et les rois, attelés ainsi que des génisses,
Devaient traîner son char aux sanglants sacrifices
     Avec du sang jusqu'au moyeu.


Les peuples, fatigués de l'idole sanglante,
Courbaient pourtant leur front et leur tête tremblante
Et tendaient en martyrs leur gorge au coup fatal.

D'autres en vain brûlaient leurs enfants et leurs femmes,
Comme si le phénix pouvait craindre les flammes
  Ou le démon son air natal.


Mais ses guerriers, un jour, ayant trop bu de gloire,
Comme un mets sans saveur boudèrent la victoire
Et faillirent devant leur ennemi mortel.
Puis, redoutant encor ses dents et sa morsure,
Livrèrent muselé le faux dieu sans blessure,
  Après avoir brisé l'autel.


Et toi qui l'as livré, toi qui l'as fait descendre,
Pour le canoniser, tu vas chercher sa cendre,
O peuple de Français ! peuple caméléon,
Tu demandes aux vents de taire leur haleine,
Pour aller arracher au roc de Sainte-Hélène
  Les restes de Napoléon !


Encore si c'était, en un jour dè victoire,
Un remords dans ton cœur remué par la gloire ;
Mais vouloir marier Bonaparte à la Paix !
Pour reprendre ses os au delà de la ligne
Armer tranquillement un beau vaisseau de ligne
  Et les quêter à des Anglais !


Encore si c'était son fils ou bien son frère,
Qui, redevenu roi dans un jour de colère,

De l'exil d'un héros vînt demander raison ;
Mais sur son cénotaphe évoquer la pensée
Quand son neveu, sorti d'une émeute insensée,
    Le verra passer en prison !


III


Pourtant il va venir, et de l'Église antique
A deux larges battants s'ouvrira le portique
Aux applaudissements d'un peuple de vingt ans,
Tandis que ses soldats, vieux restes des mitrailles,
Essaîront d'échauffer encore leurs entrailles
    Au son qui flétrit leur printemps !


Payez donc des bouffons pour pleurer sur sa tombe,
Pour qu'on y vienne en deuil et qu'une larme y tombe.
Il en a trop coulé sur ses pas triomphants.
Faites un mausolée et placez-y son urne ;
Des mères sont encore à qui ce fier Saturne
    Venait dévorer leurs enfants !


Puis les badauds iront le voir aux Invalides,
Mais sans pensée au cœur, avec des airs stupides,
Comme ils vont, le dimanche, à la barrière, au bal ;
Et les provinciaux de la place Vendôme
Iront voir le grand homme enterré sous le dôme,
    Puis dîner au Palais-Royal.

Et, s'il prend fantaisie à quelque homme célèbre,
Habillant Bonaparte en oraison funèbre,
De le vêtir encor de quelque habit nouveau,
De célébrer en lui, que sais-je?... la Clémence,
On entendra partout la voix d'un peuple immense
    Qui viendra lui crier : « Bravo ! »


Pauvre peuple ! aboyeur contre la tyrannie,
Ces beaux flatteurs de rois t'ont fait cette avanie
De te faire encenser un tyran sans remords.
Parmi ses généraux ils t'ont montré tes frères ;
Qu'ils comptent la sueur, l'or, le sang et les guerres,
    Et les noms de ceux qui sont morts !


Le monde est ainsi fait : qu'une tour féodale,
De ses barons hautains expiant le scandale
En un jour de justice ait eu son châtiment :
Le poëte viendra visiter sa ruine,
Et sur les deux beaux yeux d'une aimable héroïne,
    Fera quelque conte charmant.


Et tous ces grands meneurs qui poussent à l'émeute,
D'un peuple dans la rue iront pousser la meute,
Et l'électriseront au bruit de ton grand nom !
Tandis que tes vieux os frémiront de colère
De ne pouvoir répondre au désir populaire
    Avec du sabre et du canon !


Dans ton cercueil, en vain, tu frémiras de rage,
Car ton destin était de vivre dans l'orage ;
Vivant, des flots de sang ruisselaient à tes pieds !
Dans ton cercueil anglais, tu flairais les tempêtes ;
Maintenant par le peuple, aux flots à mille têtes,
    Tes crimes seront expiés.

Car, avec un coup d'œil on dirige une armée;
Si, contre un bon vaisseau la tempête est formée,
Le hardi matelot des vagues se défend;
Mais rien, quand pour penser il quitte sa charrue,
Et qu'altéré de poudre il descend dans la rue,
    N'arrête un peuple triomphant.

# FRAGMENTS DE FAUST

# PROLOGUE DANS LE CIEL

## LE SEIGNEUR, LES BANDES CÉLESTES,
### puis MÉPHISTOPHÉLÈS.

*Les trois archanges s'avancent.*

RAPHAEL.

Le soleil répand sa lumière
En chantant le Dieu qu'il chérit ;
Rapide comme le tonnerre,
Sa vaste course s'arrondit :
O Dieu ! tes regards adorables
Soutiennent tout de leur amour ;
Et tes œuvres inépuisables
Sont belles comme au premier jour.

---

1. Gérard de Nerval, dans la préface qu'il écrivit en 1853 pour la quatrième édition des *Deux Faust*, parle avec regret de certaines parties de ce livre publiées d'abord en vers dans la première édition (1828), et remises en prose pour les réimpressions suivantes ; ce sont ces fragments, relevés avec soin, que nous réunissons ici.

(*Note de l'Éditeur.*)

GABRIEL.

Dans son cours incompréhensible,
La terre, roulant alentour,
Voit le jour fuir la nuit paisible,
Et la nuit fuir l'éclat du jour;
Contre des rocs, les mers profondes
Élèvent leurs flots irrités...
Mais, sous l'éternel cours des mondes,
Mers et rochers sont emportés.

MICHEL.

Souvent s'élance la tempête,
Des flots aux rocs, des rocs aux flots;
Alors, la terre, sa conquête,
S'entoure d'un vaste chaos.
La foudre, qui brûle les villes,
Fuit en grondant du ciel obscur...
Mais, ici, tes élus tranquilles,
Seigneur, adorent ton jour pur.

TOUS LES TROIS.

O Dieu! tes regards adorables
Soutiennent tout de leur amour;
Et tes œuvres inexplicables
Sont belles comme au premier jour.

MÉPHISTOPHÉLÈS.

Seigneur, puisque tu me demandes
Comment tout se passe chez nous,
Et que tu me vois sans courroux
Pénétrer quelquefois dans les célestes bandes,
Je viens t'entretenir, et parler de mon mieux.
Pourtant, ne me fais pas un crime
De ce que mon langage est un peu moins sublime
Que celui de tous ces messieurs :
Dire tous ces grands mots, autant vaut ne rien dire;

Quand ma voix les prononcerait,
Je serais sûr de bien te faire rire,
Si pourtant ta grandeur ici me le permet.
Sur *les mondes roulants, le soleil et la terre,*
Ainsi je ne te dirai rien ;
Mais tu sauras que, dans cette dernière,
Les hommes se tourmentent bien.
Le petit dieu du monde est toujours aussi drôle
Qu'au jour de la création,
Tant bien que mal, jouant son rôle ;
Mais, du flambeau divin, qu'il appelle raison,
Ne faisant bien souvent usage,
Que pour ajouter à ses maux,
Et pour abaisser ton image
Au rang des plus vils animaux.
Pour moi, je comparerais l'homme
(Sauf le respect que je te dois)
Aux insectes pattus, que *cigales* il nomme ;
De prés en prés, de bois en bois,
Dansant toujours la même danse,
Et chantant la même romance :
Ah ! qu'il ressemble bien à ces animaux-là !
Hors de chez soi, sans cesse il faut qu'il coure...
Et s'il ne faisait que cela !...
Mais non, pas un fumier où son nez ne se fourre.

LE SEIGNEUR.

N'en as-tu pas à dire plus ?
Ne viendras-tu jamais ici que pour médire,
Et sur la terre, enfin, n'est-il que des abus ?

MÉPHISTOPHÉLÈS.

Oui, seigneur Dieu ; là-bas, tout va de mal en pire,
Et tes créatures, ma foi,
Sont aujourd'hui si misérables,

Que c'est bien consciènce à moi
De tourmenter de pauvres diables.

LE SEIGNEUR.

Connais-tu Faust?

MÉPHISTOPHÉLÈS.

Docteur?

LE SEIGNEUR.

Mon serviteur.

MÉPHISTOPHÉLÈS.

Ah bon!

Il vous sert en effet d'une étrange façon;
Rien ne se sent chez lui des choses de la terre,
Ni ses actes, ni ses discours;
Et son esprit plane toujours
Dans un espace imaginaire.
Il prétend de la terre avoir tous les plaisirs,
Du ciel, les plus belles étoiles;
Il veut de la nature arracher tous les voiles,
Mais rien ne peut là-bas contenter ses désirs

LE SEIGNEUR.

Si, troublé comme il l'est, il me reste fidèle,
Je pourrai lui donner le bonheur qu'il appelle :
Dans l'arbrisseau qui commence à verdir,
Un jardinier, prudent et sage,
Voit les fleurs, les fruits, le feuillage,
Comme récompense à venir.

MÉPHISTOPHÉLÈS.

Gageons que des élus encor je le retranche,
Puisque vous y comptez si bien;
Mais, sur le temps et le moyen,
Il faut me donner carte blanche.

LE SEIGNEUR.

Oui, je veux bien te le livrer
Aussi longtemps qu'il aura vie,
Car tout voyageur peut errer.

MÉPHISTOPHÉLÈS.

Monseigneur, je vous remercie.
Je n'aime pas d'ailleurs avoir affaire aux morts ;
Pour eux toujours je suis dehors :
La chair fraîche est ma seule envie :
Je suis comme le chat.

LE SEIGNEUR.

C'est bien, tu peux agir ;
Entraîne-le dans ta chatière,
Écarte cet esprit de sa source première :
Mais, si tu perds, tu devras bien rougir
En voyant qu'un mortel, parmi la foule obscure,
Peut discerner le droit chemin.

MÉPHISTOPHÉLÈS.

Je ne crains rien pour ma gageure ;
Mais, si je le séduis enfin,
Ma victoire doit être entière,
Et l'homme en question mangera la poussière,
Comme le serpent mon cousin.

LE SEIGNEUR.

Va, mon fils, et remplis ta tâche.
C'est, de tous les démons, toi que je hais le moins ;
L'activité de l'homme est sujette au relâche,
Et, pour l'aiguillonner, j'ai besoin de tes soins.
Pour vous, enfants du ciel, que ma gloire rassemble,
Allez, dans son État, vous réjouir ensemble ;
Dieu, qui vous a créés, toujours vous aimera :
Célébrez donc dans vos pensées

Tant de merveilles entassées
Dont sa bonté vous entoura.

*Le ciel se ferme, les archanges se séparent.*

MÉPHISTOPHÉLÈS.

Le vieux Père éternel est vraiment fort aimable,
Et me reçoit avec douceur ;
Il est rare qu'un grand seigneur
Traite si bien un pauvre diable.

# L'ÉVOCATION

L'ESPRIT[1].

En ces lieux quelle voix m'appelle?

FAUST.

Épouvantable vue!

L'ESPRIT.

Tu m'as évoqué puissamment
Du sein de ma sphère éternelle;
Quoi donc?

FAUST.

Ah! je ne puis supporter ta présence!

L'ESPRIT.

Eh bien, en ce moment,
Qu'à tes vœux je puis condescendre,
Crains-tu de me voir, de m'entendre?...
Faust, que me veux-tu?... Me voici. —
O surhumaine créature,
Réponds, pourquoi trembler ainsi?
Qu'as-tu fait de ce cœur de flamme,
Qui créait un monde nouveau?

1. L'Esprit seul parle en vers.

Qu'as-tu fait encor de cette âme,
Qui l'éclairait d'un jour si beau? —
Si cette âme sublime et fière,
Se flatta de nous ressembler,
Homme-dieu, pourquoi donc trembler
Devant ton égal et ton frère? —
Ou me trompé-je?... Réponds-moi :
Est-ce là la voix qui m'appelle?...
L'âme qui m'attire vers elle?...
Célèbre Faust, est-ce bien toi?
Hélas! un souffle de magie
Te rejette dans le néant;
Et ce que je crus un génie
N'est qu'un ver timide et rampant!

FAUST.

Dois-je te céder, vision de flamme? Je suis Faust, je
le suis, je suis ton égal!

L'ESPRIT.

Dans les vagues de l'existence,
Mon orageuse activité
Vient ou fuit, vers les cieux s'élance,
Ou replonge avec volupté.
Naissance, mort, voilà ma sphère;
Je suis l'éternel mouvement,
Je suis cette trame légère,
Et qui varie à tout moment,
Divin manteau, voilant sans cesse
La majesté de notre roi....

FAUST.

Eh bien, toi qui ondoies autour du vaste monde,
Esprit créateur, que puis-je égaler en ta présence?

L'ESPRIT.

L'Esprit que conçoit ta faiblesse...
Mais tu n'es point égal à moi!

*Il disparaît.*

. . . . . . . . . . . . .

*Faust porte la coupe à sa bouche; son des cloches et chant
des chœurs.*

CHŒUR DES ANGES.

Christ vient de ressusciter;
Joie à la race mortelle!
Il veut en elle effacer
La tache originelle.

CHŒUR DES FEMMES.

Oins d'une huile sainte,
Ses membres chéris,
Dans la funèbre enceinte,
Furent ensevelis :
Là, des vierges fidèles
Les ont ceints d'un linceul béni;
Mais, ô Dieu! quel tourment pour elles!...
Le Christ, hélas! le Christ n'est plus ici!

CHŒUR DES ANGES.

Christ est ressuscité,
Gloire à l'âme fidèle,
A l'âme dont le zèle
Répond avec humilité
A l'injure la plus cruelle!

CHŒUR DES DISCIPLES.

Quittant du tombeau
Le séjour funeste,
Au parvis céleste
Il monte plus haut :
Vers les gloires éternelles;
Tandis qu'il s'élance à grands pas,

Ses disciples fidèles
Languissent ici-bas :
Hélas! c'est ici qu'il nous laisse
Sous les traits brûlants du malheur :
O divin maître, ton bonheur
Est cause de notre tristesse.

CHOEUR DES ANGES.

Christ vient de ressusciter;
O vous que sa voix appelle,
Des disciples troupe fidèle,
C'est vers lui qu'il faut monter :
Vous, que sa parole touche,
Vous, qu'inspire son renom,
Vous, prophètes, dont la bouche,
Le célèbre nuit et jour...
Montez, troupe fidèle,
Au céleste séjour
Où sa voix vous appelle!

# DEVANT LA PORTE DE LA VILLE

CHŒUR DE SOLDATS.

Villes entourées
De murs et remparts;
Fillettes sucrées,
Aux malins regards;
Victoire certaine,
Près de vous m'attend;
Si grande est la peine,
Le prix est plus grand.

Au son des trompettes,
Les braves soldats
S'élancent aux fêtes,
Ou bien aux combats :
Fillettes et villes
Font les difficiles...
Bientôt tout se rend :

Si grande est la peine,
Le prix est plus grand;
Victoire certaine
Partout nous attend.

# CABINET D'ÉTUDE

. . . . . . . .

ESPRITS, dans la rue.
Par un puissant sortilége,
Ici l'un de nous est pris
Comme un vieux renard au piége :
Restez là, restez, esprits ! —
Mais faisons un peu silence ;
Balançons-nous, balançons
Nos ailes d'or en cadence,
Et nous le délivrerons !
Il est là, c'est notre frère ;
Volons donc à son secours !
Car il employa toujours
Tous ses efforts à nous plaire.

. . . . . . . . .

Disparaissez bien vite
Arceaux noirs et poudreux,
Et que l'azur des cieux
Un instant nous visite !
Des nuages épais
Percez, percez les voiles,

Scintillantes étoiles,
Par vos tendres reflets.
Ah! déjà ces murs sombres
Ont semblé s'agiter,
Et vers les cieux monter
Comme de vaines ombres.
De cités, de passants,
La campagne se couvre,
Et notre œil y découvre
Des fleurs, des bois, des champs,
Et d'épaisses feuillées
Où les tendres amants
Promènent leurs pensées.

Mais plus loin sont couverts
Les longs rameaux des treilles,
De bourgeons, pampres verts,
Et de grappes vermeilles;
Sous de vastes pressoirs
Elles roulent ensuite,
Et le vin à flots noirs
Bientôt s'y précipite.
Le lac étend ses flots
A l'entour des montagnes;
Dans les vastes campagnes,
Il serpente en ruisseaux.
Partout, l'oiseau timide,
Cherchant l'ombre et le frais,
S'enfuit d'un vol rapide
Au milieu des marais,
Vers la retraite obscure
De ces nombreux îlots
Dont la tendre verdure
S'agite sur les flots.
Là, de chants d'allégresse

La rive retentit;
D'autres chœurs, là, sans cesse,
La danse nous ravit :
Les uns gaîment s'avancent
Autour des coteaux verts,
De plus hardis s'élancent
Au sein des flots amers :
Tous, pour goûter la vie,
Tous cherchent dans les cieux
Une étoile chérie
Qui s'allume pour eux.

# CABINET D'ÉTUDE

CHŒUR D'ESPRITS, invisible.
Malheur ! malheur !
Ta voix héroïque,
Du monde magique,
A détruit l'erreur !
Que sa chute au loin résonne !...
Ici son règne finit :
C'est le puissant Faust qui l'ordonne,
C'est un Dieu qui l'anéantit !
Tous les débris de sa gloire abattue,
Dans le chaos nous les précipitons,
Et nous pleurons
Sur sa beauté perdue !
Que ta puissante main,
Noble fils de la terre,
L'arrache à sa poussière...
Qu'il soit reconstruit dans ton sein !
Alors d'une nouvelle vie,
Ton âme entreprendra le cours.
Et nos chants, que le ciel envie,
Sauront en embellir les jours.

# LE SOIR

Marguerite chante dans sa chambre.

### LE ROI DE THULÉ.

Il était un roi de Thulé,
A qui son amante fidèle
Légua, comme souvenir d'elle,
Une coupe d'or ciselé.

C'était un trésor plein de charmes
Où son amour se conservait :
A chaque fois qu'il y buvait
Ses yeux se remplissaient de larmes.

Voyant ses derniers jours venir,
Il divisa son héritage,
Mais il excepta du partage
La coupe, son cher souvenir.

Il fit à la table royale
Asseoir les barons dans sa tour ;
Debout et rangée alentour,
Brillait sa noblesse loyale.

Sous le balcon grondait la mer.
Le vieux roi se lève en silence.
Il boit, — frissonne, et sa main lance
La coupe d'or au flot amer !

Il la vit tourner dans l'eau noire,
La vague en s'ouvrant fit un pli,
Le roi pencha son front pâli...
Jamais on ne le vit plus boire.

# CHAMBRE DE MARGUERITE

MARGUERITE, seule, à sa quenouille.

Une amoureuse flamme
Consume mes beaux jours ;
Ah ! la paix de mon âme
A donc fui pour toujours !

Son départ, son absence,
Sont pour moi le cercueil ;
Et loin de sa présence
Tout me paraît en deuil.

Alors, ma pauvre tête
Se dérange bientôt ;
Mon faible esprit s'arrête,
Puis se glace aussitôt.

Une amoureuse flamme
Consume mes beaux jours ;
Ah ! la paix de mon âme
A donc fui pour toujours !

Je suis à ma fenêtre,
Ou dehors, tout le jour,

C'est pour le voir paraître,
Ou hâter son retour.

Sa marche que j'admire,
Son port si gracieux,
Sa bouche au doux sourire,
Le charme de ses yeux;

La voix enchanteresse
Dont il sait m'embraser,
De sa main la caresse,
Hélas! et son baiser...

D'une amoureuse flamme
Consumant mes beaux jours;
Ah! la paix de mon âme
A donc fui pour toujours!

Mon cœur bientôt se presse,
Dès qu'il le sent venir;
Au gré de ma tendresse
Puis-je le retenir?

O caresses de flamme!
Que je voudrais un jour
Voir s'exhaler mon âme
Dans ses baisers d'amour!

# LES REMPARTS

Dans un creux du mur, l'image de la *Mater dolorosa;* des pots de
fleurs devant.

MARGUERITE met dans les pots des fleurs fraîches.

Incline, ô mère de douleur,
    Vers moi ton gracieux visage ;
      Le glaive dans le cœur,
Tu regardes ton fils qui meurt avec courage.
A son père céleste adressant un soupir,
      Tu lui demandes de venir
Au supplice cruel que ton amour partage...

      Qui souffrira,
      Qui sentira
    Le noir chagrin qui me déchire?...
Le doute de mon cœur, comme son désespoir,
    Ce qu'il craint et ce qu'il désire,
    Toi seule, hélas ! peux le savoir.

    En quelque lieu que je puisse être,
      Dans mon cœur je sens naître
      Une affreuse douleur :
      Si je suis seule une heure,

Je pleure, pleure, pleure,
Et je sens se briser mon cœur.

Les deux vases de ma fenêtre,
Je les arrosai de mes pleurs,
Et puis, voyant le jour renaître,
Je t'apportai ces fleurs.

Du matin la lueur brillante
Perçait à peine au sein des nuits,
Lorsque sortant de ma couche brûlante,
Je vins te confier mon trouble et mes ennuis.
Le sort cruel me décourage;
Ah! prends pitié de mon malheur :
Incline, ô mère de douleur,
Vers moi ton gracieux visage!

# NUIT DU SABBAT

CHŒUR ALTERNATIF

. . . . . . . . . . . .
Hou hou! chou chou! retentissent.
Les chats-huants, les geais unissent
L'accord plaintif de leur voix :
Mais sont-ils seuls dans ces bois?
Non; grands os, longues échines,
Salamandres flamboyants,
Et tortueuses racines,
Parmi les rocs, les ruines,
Glissent comme des serpents.
Ces nœuds de bois qui s'enlacent,
Comme un polype aux cent bras,
Partout arrêtent mes pas.

Des souris courent et passent,
Ayant soin de se cacher
Dans la mousse du rocher.
Là, des mouches fugitives
Nous précèdent par milliers,
Et d'étincelles si vives
Illuminent les sentiers.

Mais quels menaçants passages !
Dis-moi donc si nous restons,
Ou bien si nous avançons ?
Là, de perfides branchages
Égratignent nos visages ;
Là, ce follet incertain
Nous détourne du chemin.

# CACHOT

MARGUERITE chante avec égarement.

Ma mère, la catin,
  Qui m'a tuée...
Mon père, le coquin,
  Qui m'a mangée...
Et ma petite sœur qui m'a jetée à l'eau,
  Où je deviens un bel oiseau :
    Vole ! vole !
     Vole !

# DERNIÈRE SCÈNE [1]

## FAUST, MARGUERITE, MEPHISTOPHÉLÈS.

*Marguerite est endormie dans sa prison ; Faust entre guidé par Mé-phistophélès, qui reste à la porte pour l'attendre.*

### FAUST.

Dans ce séjour d'effroi souffre celle que j'aime,
Et c'est moi qui sur elle attirai l'anathème.
Tout son crime pourtant fut une douce erreur :
Je tremble d'approcher... Un sentiment d'horreur...
Oh ! ne balançons plus ; hâtons sa délivrance !
Chaque instant de retard ajoute à sa souffrance.
Marguerite !

### MARGUERITE, s'éveillant.

On m'appelle... Il faut déjà mourir...

Déjà !

### FAUST.

Rassure-toi : je viens te secourir.

---

1. Ce morceau ne fait pas partie de l'édition de 1828. Écrit en
1827, il parut seulement dans l'*Almanach des Muses* pour 1828, et
est recueilli ici pour la première fois.

(*Note de l'Éditeur.*)

MARGUERITE, ne le reconnaissant pas et dans le délire

Prends pitié de mon sort si ton cœur est sensible...
Hélas ! je suis si jeune, et la mort est terrible :
J'ai passé d'heureux jours..., ils sont loin maintenant ;
J'ai vu tout mon bonheur fuir avec mon amant...
Car j'étais belle aussi, c'est ce qui m'a perdue ;
Ma guirlande de fleurs s'est flétrie et rompue ;
Je vois que tout cela n'est que songe, qu'erreur...

Faust veut détacher ses chaînes.

Mais pourquoi me saisir avec cette fureur ?
Que t'ai-je fait ? Pourquoi vouloir agir en maître ?
Je ne te connais point... ni ne veux te connaître.

FAUST.

Doucement ! tes gardiens vont s'éveiller au bruit.

MARGUERITE.

Eh bien, laisse-moi seule... A peine il est minuit ;
Je voudrais reposer au moins jusqu'à l'aurore.
Demain, pour mon supplice, il sera temps encore.

FAUST, à part.

Ciel ! comment l'arracher à cet égarement ?

Haut.

Je viens briser tes fers ; c'est moi, c'est ton amant,
Je te supplie...

Il se jette à ses pieds.

MARGUERITE, s'agenouillant aussi.

Oh ! oui, prions les saints ensemble ;
Que, pour nous protéger, notre voix les rassemble ;
Qu'ils chassent les démons par des signes sacrés !...
Car, près de cette porte, au bas de ces degrés,
Je les vois !... Entends-tu de l'infernal empire
Et les cris de souffrance et l'effroyable rire ?
Il nous attend, il s'ouvre... Ah ! la terre a frémi !...

FAUST, à haute voix.

Marguerite !

MARGUERITE, attentive.

C'était la voix de mon ami !
A son accent si doux, ah ! je l'ai reconnue ;
Elle s'est fait entendre à mon âme éperdue ;
Au milieu de ces cris qui me glacent d'effroi...
Il ne peut être loin !

FAUST.

Marguerite, c'est moi !

MARGUERITE, avec joie.

C'est toi.... Mais je m'abuse...

Elle le touche.

Oh non ! j'en suis certaine :
C'est toi ! plus de prison ! plus de maux ! plus de chaîne !
Tu viens me délivrer ? Eh bien, je suis tes pas.
Mais je suis faible encor..., soutiens-moi de ton bras.
Ah ! nous sommes sauvés ! A la fin je respire ;
A notre liberté tout me semble sourire...
Dieu ! que de souvenirs dans ces champs, dans ces bois !
Tiens, ici, je te vis pour la première fois.
Là, mes aveux naïfs ont payé ta tendresse ;
Là, tu reçus hier ma première caresse...

FAUST.

Viens, échappe à la mort, quitte ces lieux !

MARGUERITE.

Pourquoi,
Mon ami ? j'aime tant à rester avec toi !

Elle veut l'embrasser.

FAUST.

Au nom de cet amour, hâte-toi de me suivre,
Ou ton refus tous deux au supplice nous livre.
Hâte-toi !

MARGUERITE.

Dieu ! ta main semble me repousser ;
Ta bouche, comme hier, ne sait plus m'embrasser :
Dis-moi quel changement, quelles peines secrètes
Rendent tes baisers froids et tes lèvres muettes.
Que vois-je ? Tu voudrais t'arracher de mes bras...
Qui m'a ravi ton cœur ?... Tu ne me réponds pas !

FAUST.

Peux-tu douter de moi ? Tu m'es toujours plus chère ;
Mais viens, fais quelques pas, c'est ma seule prière.

MARGUERITE.

Tu détaches mes fers, tu t'approches de moi,
O Faust ! à mon aspect ne sens-tu pas d'effroi ?
Sais-tu ce que je sens ?

FAUST.

Viens, la nuit est moins sombre.

MARGUERITE.

Vois le long de ces murs se dessiner une ombre. .
C'est celle de ma mère : ah ! mon bras criminel
Fit prendre à sa faiblesse un breuvage mortel !

*Elle passe sa main sur ses yeux.*

Chassons ce souvenir de mon âme flétrie.
Mon ami, donne-moi ta main, ta main chérie. .
Contre mon cœur ! Que vois-je ? elle est humide, ô Dieu !...
Ah ! je sais : c'est du sang... un sang bien précieux...

FAUST.

Laisse là le passé, le passé que j'abhorre ;
Tu me ferais mourir.

MARGUERITE.

Non, tu dois vivre encore.

J'attends de ton amour un service nouveau.

Car, sans toi, qui voudrait m'élever un tombeau?

Deux autres sont encor confiés à ton zèle :

Dans le premier ma mère, et mon frère auprès d'elle ;

Moi, quelques pas plus loin, personne auprès de moi...

Ah! j'espérais un jour reposer avec toi,

Mais c'eût été trop doux ; je n'y dois plus prétendre.

FAUST.

Tu m'aimes ! à mes vœux pourquoi ne pas te rendre ?

Viens !

MARGUERITE.

Dehors?

FAUST.

A la vie.

MARGUERITE.

Oh non ! c'est au trépas ;

La justice divine y veille sur mes pas,

Et même en ce moment... quel bruit !.. je crois entendre...

Sur la place déjà la foule vient m'attendre ;

La cloche de la mort a trois fois résonné,

Pour mon triste départ le signal est donné.

On me bande les yeux..., et, pour faveur dernière,

Au pied de l'échafaud j'achève ma prière.

M'y voici : c'en est fait !... la hache..., le bourreau !..

Ah ! le monde est déjà muet comme un tombeau !

FAUST.

Ciel ! pourquoi suis-je né ?

MÉPHISTOPHÉLÈS, entr'ouvrant la porte.

Voici déjà l'aurore;

Cessez de vains retards qui vous perdraient encore.

MARGUERITE, le voyant.

Que vois-je ? Loin d'ici! c'est l'ennemi de Dieu !

C'est moi qu'il veut ravir...; chassez-le du saint lieu !

Quand il parle, ô terreur ! ses lèvres convulsives
Vomissent tout l'enfer.

FAUST, voulant l'entraîner.
Viens, il faut que tu vives !

MARGUERITE, résistant
Non !

FAUST, la saisissant.
Il faut surmonter un puéril effroi.

MARGUERITE.
O justice de Dieu ! je m'abandonne à toi !

MÉPHISTOPHÉLÈS, à Faust.
Viens ! viens ! ou je te livre à la mort avec elle !

MARGUERITE.
Mon Dieu ! je t'appartiens ; anges, troupe immortelle,
Sauvez-moi de l'enfer, combattez la fureur !

La cloche funèbre sonne ; des soldats entrent et l'entraînent
au supplice.

Faust ! je subis mon sort ; le tien... me fait horreur !

# ODELETTES

## RHYTHMIQUES ET LYRIQUES

# AVRIL

Déjà les beaux jours, la poussière,
Un ciel d'azur et de lumière,
Les murs enflammés, les longs soirs ;
Et rien de vert : à peine encore
Un reflet rougeâtre décore
Les grands arbres aux rameaux noirs !

Ce beau temps me pèse et m'ennuie.
Ce n'est qu'après des jours de pluie
Que doit surgir, en un tableau,
Le printemps verdissant et rose,
Comme une nymphe fraîche éclose,
Qui, souriante, sort de l'eau.

# FANTAISIE

Il est un air pour qui je donnerais
Tout Rossini, tout Mozart et tout Weber [1].
Un air très-vieux, languissant et funèbre,
Qui pour moi seul a des charmes secrets.

Or, chaque fois que je viens à l'entendre,
De deux cents ans mon âme rajeunit :
C'est sous Louis-Treize...— Et je crois voir s'étendre
Un coteau vert que le couchant jaunit ;

Puis un château de brique à coins de pierre,
Aux vitraux teints de rougeâtres couleurs,
Ceint de grands parcs, avec une rivière
Baignant ses pieds, qui coule entre des fleurs.

Puis une dame, à sa haute fenêtre,
Blonde aux yeux noirs, en ses habits anciens...
Que, dans une autre existence peut-être,
J'ai déjà vue — et dont je me souviens !

1831.

1. On prononce *Webre*.

# LA GRAND'MÈRE

Voici trois ans qu'est morte ma grand'mère,
— La bonne femme ! — et, quand on l'enterra,
Parents, amis, tout le monde pleura
D'une douleur bien vraie et bien amère.

Moi seul, j'errais dans la maison, surpris,
Plus que chagrin ; et, comme j'étais proche
De son cercueil, — quelqu'un me fit reproche
De voir cela sans larmes et sans cris.

Douleur bruyante est bien vite passée :
Depuis trois ans, d'autres émotions,
Des biens, des maux, — des révolutions, —
Ont dans les cœurs sa mémoire effacée.

Moi seul, j'y songe, et la pleure souvent ;
Depuis trois ans, par le temps prenant force,
Ainsi qu'un nom gravé dans une écorce,
Son souvenir se creuse plus avant !

1834.

# LA COUSINE

L'hiver a ses plaisirs : et souvent, le dimanche,
Quand un peu de soleil jaunit la terre blanche,
Avec une cousine on sort se promener...
« Et ne vous faites pas attendre pour dîner, »
Dit la mère.

        Et, quand on a bien, aux Tuileries,
Vu sous les arbres noirs les toilettes fleuries,
La jeune fille a froid... et vous fait observer
Que le brouillard du soir commence à se lever.

Et l'on revient, parlant du beau jour qu'on regrette,
Qui s'est passé si vite... et de flamme discrète :
Et l'on sent en rentrant, avec grand appétit,
Du bas de l'escalier, — le dindon qui rôtit.

# GAIETÉ

Petit *piqueton* de Mareuil,
Plus clairet qu'un vin d'Argenteuil,
Que ta saveur est souveraine !
Les Romains ne t'ont pas compris
Lorsqu'habitant l'ancien Paris,
Ils te préféraient le surène.

Ta liqueur rose, ô joli vin !
Semble faite du sang divin
De quelque nymphe bocagère ;
Tu perles au bord désiré
D'un verre à côtes, coloré
Par les teintes de la fougère.

Tu me guéris pendant l'été
De la soif qu'un vin plus vanté
M'avait laissé[1] depuis la veille ;
Ton goût suret, mais doux aussi,
Happant mon palais épaissi,
Me rafraîchit quand je m'éveille.

---

1. Il y a une faute, mais elle est dans le goût du *temps*.

Eh quoi ! si gai dès le matin,
Je foule d'un pied incertain
Le sentier où verdit ton pampre!...
— Et je n'ai pas de Richelet
Pour finir ce docte couplet...
Et trouver une rime en *ampre* [1].

1. Lisez le *Dictionnaire des rimes*, à l'article AMPRE, vous n'y trouvez que *pampre;* pourquoi ce mot si sonore n'a-t-il pas de rime?

# POLITIQUE

1834.

Dans Sainte-Pélagie,
Sous ce règne élargie,
Où, rêveur et pensif,
  Je vis captif,

Pas une herbe ne pousse
Et pas un brin de mousse
Le long des murs grillés
  Et frais taillés.

Oiseau qui fends l'espace...
Et toi, brise, qui passe
Sur l'étroit horizon
  De la prison,

Dans votre vol superbe,
Apportez-moi quelque herbe,
Quelque gramen, mouvant
  Sa tête au vent !

13

Qu'à mes pieds tourbillonne
Une feuille d'automne
Peinte de cent couleurs,
   Comme les fleurs !

Pour que mon âme triste
Sache encor qu'il existe
Une nature, un Dieu
   Hors de ce lieu.

Faites-moi cette joie,
Qu'un instant je revoie
Quelque chose de vert
   Avant l'hiver !

# LE POINT NOIR

Quiconque a regardé le soleil fixement
Croit voir devant ses yeux voler obstinément
Autour de lui, dans l'air, une tache livide.

Ainsi, tout jeune encor et plus audacieux,
Sur la gloire un instant j'osai fixer les yeux :
Un point noir est resté dans mon regard avide.

Depuis, mêlée à tout comme un signe de deuil,
Partout, sur quelque endroit que s'arrête mon œil,
Je la vois se poser aussi, la tache noire !

Quoi, toujours ! Entre moi sans cesse et le bonheur
Oh ! c'est que l'aigle seul — malheur à nous ! malheur ! —
Contemple impunément le Soleil et la Gloire.

1831.

# LES CYDALISES

Où sont nos amoureuses?
Elles sont au tombeau !
Elles sont plus heureuses
Dans un séjour plus beau !

Elles sont près des anges,
Dans le fond du ciel bleu,
Et chantent les louanges
De la mère de Dieu !

O blanche fiancée !
O jeune vierge en fleur !
Amante délaissée,
Que flétrit la douleur !

L'éternité profonde
Souriait dans vos yeux...
Flambeaux éteints du monde,
Rallumez-vous aux cieux !

# NI BONJOUR NI BONSOIR

### Sur un air grec.

Νή καλιμερα, νή ωρα καλì.[1]

Le matin n'est plus! le soir pas encore :
Pourtant de nos yeux l'éclair a pâli.

Νὴ καλιμερα, νὴ ωρα καλì.

Mais le soir vermeil ressemble à l'aurore,
Et la nuit, plus tard, amène l'oubli !

# LA SÉRÉNADE

(IMITÉ D'UHLAND)

— Oh ! quel doux chant m'éveille ?
— Près de ton lit je veille,
Ma fille ! et n'entends rien...
Rendors-toi, c'est chimère !
— J'entends dehors, ma mère,
Un chœur aérien !...

— Ta fièvre va renaître.
— Ces chants de la fenêtre
Semblent s'être approchés.
— Dors, pauvre enfant malade,
Qui rêves sérénade...
Les galants sont couchés !

— Les hommes ! que m'importe ?
Un nuage m'emporte...
Adieu le monde, adieu !

Mère, ces sons étranges,
C'est le concert des anges
Qui m'appellent à Dieu !


1830.

# VERS D'OPÉRA

# ESPAGNE

## (PIQUILLO)

Mon beau pays des Espagnes,
Qui voudrait fuir ton beau ciel,
Tes cités et tes montagnes,
Et ton printemps éternel ?


Ton air pur qui nous enivre,
Tes jours moins beaux que tes nuits,
Tes champs, où Dieu voudrait vivre
S'il quittait son paradis.


Autrefois ta souveraine,
L'Arabie, en te fuyant,
Laissa sur ton front de reine
Sa couronne d'Orient !

Un écho redit encore
A ton rivage enchanté
L'antique refrain du Maure :
« Gloire, amour et liberté ! »

1837.

# CHANT D'AMOUR

(PIQUILLO)

. Ici l'on passe
Des jours enchantés !
  L'ennui s'efface
Aux cœurs attristés
  Comme la trace
'Des flots agités.

  Heure frivole
Et qu'il faut saisir.
  Passion folle
Qui n'est qu'un désir,
  Et qui s'envole
Après le plaisir !

1837.

# CHANSON GOTHIQUE

(LES MONTÉNÉGRINS)


Belle épousée,
J'aime tes pleurs !
C'est la rosée
Qui sied aux fleurs.

Les belles choses
N'ont qu'un printemps,
Semons de roses
Les pas du Temps !

Soit brune ou blonde,
Faut-il choisir?
Le Dieu du monde,
C'est le Plaisir.

1849.

# CHANT DES FEMMES EN ILLYRIE

(LES MONTÉNÉGRINS)


Pays enchanté,
C'est la beauté
Qui doit te soumettre à ses chaînes.
Là-haut sur ces monts
Nous triomphons :
L'infidèle est maître des plaines.


Chez nous
Son amour jaloux
Trouverait des inhumaines...
Mais, pour nous conquérir,
Que faut-il nous offrir ?
Un regard, un mot tendre, un soupir !...


O soleil riant
De l'Orient !

Tu fais supporter l'esclavage ;
Et tes feux vainqueurs
Domptent les cœurs,
Mais l'amour peut bien davantage.


Ses accents
Sont tout-puissants
Pour enflammer le courage...
A qui sait tout oser
Qui pourrait refuser
Une fleur, un sourire, un baiser?


1849.

# CHANT MONTÉNÉGRIN

C'est l'empereur Napoléon,
Un nouveau César, nous dit-on,
Qui rassembla ses capitaines :
    « Allez là-bas
Jusqu'à ces montagnes hautaines;
    N'hésitez pas !


» Là sont des hommes indomptables,
    Au cœur de fer,
Des rochers noirs et redoutables
Comme les abords de l'enfer.


» Ils ont amené des canons
Et des houzards et des dragons.
— Vous marchez tous, ô capitaines !
    Vers le trépas;
Contemplez ces roches hautaines,
    N'avancez pas !

14

» Car la montagne a des abîmes
    Pour vos canons ;
Les rocs détachés de leurs cimes
Iront broyer vos escadrons.
Monténégro, Dieu te protége,
Et tu seras libre à jamais,
    Comme la neige
    De tes sommets ! »

# CHANT SOUTERRAIN

Au fond des ténèbres,
Dans ces lieux funèbres,
Combattons le sort :
Et pour la vengeance,
Tous d'intelligence,
Préparons la mort.

Marchons dans l'ombre ;
Un voile sombre
Couvre les airs :
Quand tout sommeille,
Celui qui veille
Brise ses fers [1]

# LES CHIMÈRES

# EL DESDICHADO

Je suis le ténébreux, — le veuf, — l'inconsolé,
Le prince d'Aquitaine à la tour abolie :
Ma seule *étoile* est morte, — et mon luth.constellé
Porte le *soleil noir* de la *Mélancolie*.

Dans la nuit du tombeau, toi qui m'as consolé,
Rends-moi le Pausilippe et la mer d'Italie,
La *fleur* qui plaisait tant à mon cœur désolé,
Et la treille où le pampre à la rose s'allie.

Suis-je Amour ou Phébus, Lusignan ou Biron ?
Mon front est rouge encor du baiser de la reine ;
J'ai rêvé dans la grotte où nage la sirène...

Et j'ai deux fois vainqueur traversé l'Achéron :
Modulant tour à tour sur la lyre d'Orphée
Les soupirs de la sainte et les cris de la fée.

1853.

# MYRTHO

Je pense à toi, Myrtho, divine enchanteresse,
Au Pausilippe altier, de mille feux brillant,
A ton front inondé des clartés d'Orient,
Aux raisins noirs mêlés avec l'or de ta tresse.

C'est dans ta coupe aussi que j'avais bu l'ivresse,
Et dans l'éclair furtif de ton œil souriant,
Quand aux pieds d'Iacchus on me voyait priant,
Car la Muse m'a fait l'un des fils de la Grèce.

Je sais pourquoi là-bas le volcan s'est rouvert...
C'est qu'hier tu l'avais touché d'un pied agile,
Et de cendres soudain l'horizon s'est couvert.

Depuis qu'un duc normand brisa tes dieux d'argile,
Toujours, sous les rameaux du laurier de Virgile,
Le pâle hortensia s'unit au myrte vert !

1854.

# · HORUS

Le dieu Kneph en tremblant ébranlait l'univers :
Isis, la mère, alors se leva sur sa couche,
Fit un geste de haine à son époux farouche,
Et l'ardeur d'autrefois brilla dans ses yeux verts.

« Le voyez-vous, dit-elle, il meurt, ce vieux pervers,
Tous les frimas du monde ont passé par sa bouche,
Attachez son pied tors, éteignez son œil louche,
C'est le dieu des volcans et le roi des hivers !

» L'aigle a déjà passé, l'esprit nouveau m'appelle,
J'ai revêtu pour lui la robe de Cybèle...
C'est l'enfant bien-aimé d'Hermès et d'Osiris ! »

La déesse avait fui sur sa conque dorée,
La mer nous renvoyait son image adorée,
Et les cieux rayonnaient sous l'écharpe d'Iris.

# ANTÉROS

Tu demandes pourquoi j'ai tant de rage au cœur
Et sur un col flexible une tête indomptée;
C'est que je suis issu de la race d'Antée,
Je retourne les dards contre le dieu vainqueur.

Oui, je suis de ceux-là qu'inspire le Vengeur,
Il m'a marqué le front de sa lèvre irritée,
Sous la pâleur d'Abel, hélas! ensanglantée,
J'ai parfois de Caïn l'implacable rougeur!

Jéhovah! le dernier, vaincu par ton génie,
Qui, du fond des enfers, criait : « O tyrannie! »
C'est mon aïeul Bélus ou mon père Dagon...

Ils m'ont plongé trois fois dans les eaux du Cocyte,
Et, protégeant tout seul ma mère Amalécyte,
Je ressème à ses pieds les dents du vieux dragon.

# DELFICA

Ultima Cumæi venit jam carminis ætas.

La connais-tu, Dafné, cette ancienne romance,
Au pied du sycomore, ou sous les lauriers blancs,
Sous l'olivier, le myrte ou les saules tremblants,
Cette chanson d'amour... qui toujours recommence?

Reconnais-tu le temple, au péristyle immense,
Et les citrons amers où s'imprimaient tes dents?
Et la grotte, fatale aux hôtes imprudents,
Où du dragon vaincu dort l'antique semence?

Ils reviendront, ces dieux que tu pleures toujours!
Le temps va ramener l'ordre des anciens jours;
La terre a tressailli d'un souffle prophétique...

Cependant la sibylle au visage latin
Est endormie encor sous l'arc de Constantin :
— Et rien n'a dérangé le sévère portique.

Tivoli, 1843.

# ARTÉMIS

La treizième revient... C'est encor la première ;
Et c'est toujours la seule, — ou c'est le seul moment :
Car es-tu reine, ô toi ! la première ou dernière ?
Es-tu roi, toi le seul ou le dernier amant ?...

Aimez qui vous aima du berceau dans la bière ;
Celle que j'aimai seul m'aime encor tendrement :
C'est la mort — ou la morte... O délice ! ô tourment !
La rose qu'elle tient, c'est la *rose trémière*.

Sainte napolitaine aux mains pleines de feux,
Rose au cœur violet, fleur de sainte Gudule :
As-tu trouvé ta croix dans le désert des cieux ?

Roses blanches, tombez ! vous insultez nos dieux :
Tombez, fantômes blancs, de votre ciel qui brûle ;
— La sainte de l'abîme est plus sainte à mes yeux !

# LE CHRIST AUX OLIVIERS

(IMITÉ DE JEAN-PAUL)

Dieu est mort! le ciel est vide...
Pleurez! enfants, vous n'avez plus de père!
JEAN-PAUL.

## I

Quand le Seigneur, levant au ciel ses maigres bras,
Sous les arbres sacrés, comme font les poëtes,
Se fût longtemps perdu dans ses douleurs muettes,
Et se jugea trahi par des amis ingrats;

Il se tourna vers ceux qui l'attendaient en bas
Rêvant d'être des rois, des sages, des prophètes...
Mais engourdis, perdus dans le sommeil des bêtes,
Et se prit à crier : « Non, Dieu n'existe pas ! »

Ils dormaient. « Mes amis, savez-vous *la nouvelle?*
J'ai touché de mon front à la voûte éternelle;
Je suis sanglant, brisé, souffrant pour bien des jours !

15

Frères, je vous trompais. Abîme ! abîme ! abîme!
Le dieu manque à l'autel, où je suis la victime...
Dieu n'est pas ! Dieu n'est plus ! » Mais ils dormaient
                                              [toujours !


## II


Il reprit : « Tout est mort ! J'ai parcouru les mondes ;
Et j'ai perdu mon vol dans leurs chemins lactés,
Aussi loin que la vie, en ses veines fécondes,
Répand des sables d'or et des flots argentés :

» Partout le sol désert côtoyé par des ondes,
Des tourbillons confus d'océans agités...
Un souffle vague émeut les sphères vagabondes,
Mais nul esprit n'existe en ces immensités.

» En cherchant l'œil de Dieu, je n'ai vu qu'une orbite
Vaste, noire et sans fond, d'où la nuit qui l'habite
Rayonne sur le monde et s'épaissit toujours ;

» Un arc-en-ciel étrange entoure ce puits sombre,
Seuil de l'ancien chaos dont le néant est l'ombre,
Spirale, engloutissant les mondes et les jours !


## III


» Immobile Destin, muette sentinelle,
Froide Nécessité !... Hasard qui, t'avançant
Parmi les mondes morts sous la neige éternelle,
Refroidis, par degrés, l'univers pâlissant,

» Sais-tu ce que tu fais, puissance originelle,
De tes soleils éteints, l'un l'autre se froissant...
Es-tu sûr de transmettre une haleine immortelle,
Entre un monde qui meurt et l'autre renaissant?...

» O mon père! est-ce toi que je sens en moi-même?
As-tu pouvoir de vivre et de vaincre la mort?
Aurais-tu succombé sous un dernier effort

» De cet ange des nuits que frappa l'anathème...
Car je me sens tout seul à pleurer et souffrir,
Hélas! et, si je meurs, c'est que tout va mourir! »


IV


Nul n'entendait gémir l'éternelle victime,
Livrant au monde en vain tout son cœur épanché;
Mais, près de défaillir et sans force penché,
Il appela le *seul* — éveillé dans Solyme :

« Judas! lui cria-t-il, tu sais ce qu'on m'estime,
Hâte-toi de me vendre, et finis ce marché :
Je suis souffrant, ami! sur la terre couché...
Viens! ô toi qui, du moins, as la force du crime! »

Mais Judas s'en allait mécontent et pensif,
Se trouvant mal payé, plein d'un remords si vif
Qu'il lisait ses noirceurs sur tous les murs écrites.

Enfin Pilate seul, qui veillait pour César,
Sentant quelque pitié, se tourna par hasard :
« Allez chercher ce fou! » dit-il aux satellites.

## V

C'était bien lui, ce fou, cet insensé sublime...
Cet Icare oublié qui remontait les cieux,
Ce Phaéton perdu sous la foudre des dieux,
Ce bel Atys meurtri que Cybèle ranime !

L'augure interrogeait le flanc de la victime,
La terre s'enivrait de ce sang précieux...
L'univers étourdi penchait sur ses essieux,
Et l'Olympe un instant chancela vers l'abîme.

« Réponds ! criait César à Jupiter Ammon,
Quel est ce nouveau dieu qu'on impose à la terre ?
Et, si ce n'est un dieu, c'est au moins un démon... »

Mais l'oracle invoqué pour jamais dut se taire ;
Un seul pouvait au monde expliquer ce mystère :
— Celui qui donna l'âme aux enfants du limon.

1844.

# VERS DORÉS

Eh quoi! tout est sensible!
PYTHAGORE.

Homme, libre penseur! te crois-tu seul pensant
Dans ce monde où la vie éclate en toute chose?
Des forces que tu tiens ta liberté dispose,
Mais de tous tes conseils l'univers est absent.

Respecte dans la bête un esprit agissant :
Chaque fleur est une âme à la nature éclose;
Un mystère d'amour dans le métal repose;
« Tout est sensible! » Et tout sur ton être est puissant.

Crains, dans le mur aveugle, un regard qui t'épie :
A la matière même un verbe est attaché...
Ne la fais pas servir à quelque usage impie !

Souvent dans l'être obscur habite un dieu caché;
Et, comme un œil naissant couvert par ses paupières,
Un pur esprit s'accroît sous l'écorce des pierres !

1845.

# LA TÊTE ARMÉE

Napoléon mourant vit une *Tête armée*...
Il pensait à son fils déjà faible et souffrant :
La Tête, c'était donc sa France bien-aimée,
Décapitée, aux pieds du César expirant.

Dieu, qui jugeait cet homme et cette renommée,
Rappela Jésus-Christ ; mais l'abîme, s'ouvrant,
Ne rendit qu'un vain souffle, un spectre de fumée :
Le demi-dieu, vaincu, se releva plus grand.

Alors on vit sortir du fond du purgatoire
Un jeune homme inondé des pleurs de la Victoire,
Qui tendit sa main pure aux monarques des cieux ;

Frappés au flanc tous deux par un double mystère,
L'un répandait son sang pour féconder la terre,
L'autre versait au ciel la semence des dieux !

Inédit. Copié sur autographe.

# POÉSIES DIVERSES

# MÉLODIE

(imitée de thomas moore)

Quand le plaisir brille en tes yeux
Pleins de douceur et d'espérance;
Quand le charme de l'existence
Embellit tes traits gracieux, —
Bien souvent alors je soupire
En songeant que l'amer chagrin,
Aujourd'hui loin de toi, peut t'atteindre demain,
Et de ta bouche aimable effacer le sourire;
Car le Temps, tu le sais, entraîne sur ses pas
Les illusions dissipées,
Et les feux refroidis, et les amis ingrats,
Et les espérances trompées!

Mais crois-moi, mon amour! tous ces charmes naissants
Que je contemple avec ivresse,
S'ils s'évanouissaient sous mes bras caressants,
Tu conserverais ma tendresse! —
Si tes attraits étaient flétris,
Si tu perdais ton doux sourire,
La grâce de tes traits chéris
Et tout ce qu'en toi l'on admire,

15.

Va, mon cœur n'est pas incertain :
De sa sincérité tu pourrais tout attendre.
Et mon amour, vainqueur du Temps et du Destin,
S'enlacerait à toi, plus ardent et plus tendre !

Oui, si tous tes attraits te quittaient aujourd'hui,
J'en gémirais pour toi; mais en ce cœur fidèle
Je trouverais peut-être une douceur nouvelle,
Et, lorsque loin de toi les amants auraient fui,
Chassant la jalousie en tourments si féconde,
Une plus vive ardeur me viendrait animer.
« Elle est donc à moi seul, dirais-je, puisqu'au monde
Il ne reste que moi qui puisse encor l'aimer ! »

Mais qu'osé-je prévoir ? tandis que la jeunesse
T'entoure d'un éclat, hélas ! bien passager,
Tu ne peux te fier à toute la tendresse
D'un cœur en qui le temps ne pourra rien changer.
Tu le connaîtras mieux : s'accroissant d'âge en âge,
L'amour constant ressemble à la fleur du soleil,
Qui rend à son déclin, le soir, le même hommage
Dont elle a, le matin, salué son réveil !

1828.

# STANCES ÉLÉGIAQUES

Ce ruisseau, dont l'onde tremblante
Réfléchit la clarté des cieux,
Paraît dans sa course brillante
Étinceler de mille feux ;
Tandis qu'au fond d'un lit paisible,
Où, par une pente insensible,
Lentement s'écoulent ses flots,
Il entraîne une fange impure
Qui d'amertume et de souillure
Partout empoisonne ses eaux.

De même un passager délire,
Un éclair rapide et joyeux
Entr'ouvre ma bouche au sourire,
Et la gaieté brille en mes yeux ;
Cependant mon âme est de glace,
Et rien n'effacera la trace
Des malheurs qui m'ont terrassé.
En vain passera ma jeunesse,
Toujours l'importune tristesse
Gonflera mon cœur oppressé.

Car il est un nuage sombre,
Un souvenir mouillé de pleurs,
Qui m'accable et répand son ombre
Sur mes plaisirs et mes douleurs.
Dans ma profonde indifférence,
De la joie ou de la souffrance
L'aiguillon ne peut m'émouvoir ;
Les biens que le vulgaire envie
Peut-être embelliront ma vie,
Mais rien ne me rendra l'espoir.

Du tronc à demi détachée
Par le souffle des noirs autans,
Lorsque la branche desséchée
Revoit les beaux jours du printemps,
Si parfois un rayon mobile,
Errant sur sa tête stérile,
Vient brillanter ses rameaux nus,
Elle sourit à la lumière ;
Mais la verdure printanière
Sur son front ne paraîtra plus.

1828.

# LÉNORE

(IMITÉ DE BURGER[1])

Le point du jour brillait à peine que Lénore
Saute du lit : « Guillaume, es-tu fidèle encore,
Dit-elle, ou n'es-tu plus? » C'était un officier
Jeune et beau, qui devait l'épouser ; mais, la veille
Du mariage, hélas ! le tambour le réveille
De grand matin ; il s'arme et part sur son coursier.

Depuis, pas de nouvelle, et cependant la guerre,
Aux deux partis fatale, avait cessé naguère.
Les soldats revenaient, avec joie accueillis :
« Mon mari ! mon amant ! mon fils !... Dieu vous renvoie ! »
Tout cela s'embrassait, sautait, mourait de joie...
Lénore seule, en vain, parcourait le pays.
L'avez-vous vu?... — Non. — Non. — Chacun a sa famille,
Ses affaires... Chacun passe. — La pauvre fille

---

1. Gérard de Nerval, comme on va le voir, a traduit trois fois ce
morceau ; nous avons cru bien faire de conserver ses trois versions,
curieuses à plus d'un titre.

(Note de l'Éditeur.)

Pleure, pleure, et sa mère accourt, lui prend la main :
« Qu'as-tu, Lénore? — Il est mort, et je dois le suivre;
Nous nous sommes promis de ne pas nous survivre...
— Patience! sans doute il reviendra demain.

» Quelque chose l'aura retardé. Viens, ma fille,
Il est nuit. » Elle rentre, elle se déshabille,
Et dort, ou croit dormir... Mais, tout à coup, voilà
Qu'un galop de cheval au loin se fait entendre,
Puis éclate plus près... Enfin, une voix tendre :
« Lénore! mon amour,... ouvre-moi,... je suis là! »

Elle n'est pas levée encore, que Guillaume
Est près d'elle. « Ah! c'est toi! d'où viens-tu? — D'un royaume
Où je dois retourner cette nuit; me suis-tu?
— Oh! jusqu'à la mort! — Bien. — Est-ce loin? — A cent lieues
— Partons. — La lune luit... les montagnes sont bleues...
A cheval!... d'ici là, le chemin est battu. »

> Ils partent... Sous les pas agiles
> Du coursier les cailloux brûlaient,
> Et les monts, les forêts, les villes,
> A droite, à gauche, s'envolaient.

> « Le glas tinte, le corbeau crie,
> Le lit nuptial nous attend...
Presse-toi contre moi, mon épouse chérie!
> — Guillaume, ton lit est-il si grand ?    [chettes,
— Non, mais nous y tiendrons... Six planches, deux plan-
Voilà tout... pas de luxe. Oh! l'amour n'en veut pas. »
> Ils passaient, ils passaient, et les ombres muettes
> Venaient se ranger sur leurs pas.

> « Hourra! hourra! je vous invite
> A ma noce... Les morts vont vite...

Ma belle amie, en as-tu peur?
— Ne parle pas des morts... cela porte malheur... »
    Hop ! hop ! hop !... Sous les pas agiles
    Du coursier les cailloux brûlaient,
    Et les monts, les forêts, les villes,
    A droite, à gauche, s'envolaient.

    « — Mais d'où partent ces chants funèbres,
    Où vont ces gens en longs manteaux?
Hourra ! que faites-vous là-bas sous les ténèbres,
    Avec vos chants et vos flambeaux?·
— Nous conduisons un mort. — Et moi, ma fiancée.
Mais votre mort pourra bien attendre à demain;
Suivez-moi tous, la nuit n'est pas très-avancée...
    Vous célébrerez mon hymen.

    » Hourra ! hourra ! je vous invite
    A ma noce... Les morts vont vite...
    Ma belle amie, en as-tu peur?
— Ne parle pas des morts.... cela porte malheur.... »

    Hop ! hop ! hop ! sous les pas agiles
    Du coursier les cailloux brûlaient,
    Et les monts, les forêts, les villes,
    A droite, à gauche, s'envolaient.

    « Tiens ! vois-tu ces ombres sans tête
    Se presser autour d'un tréteau,
Là, du supplice encor tout l'attirail s'apprête...
    Pour exécuter un bourreau.
Hourra ! dépêchez-vous !... hourra ! troupe féroce,
Faites aussi cortége autour de mon cheval !
Vous seriez déplacés au banquet de ma noce,
    Mais vous pourrez danser au bal.

» Hourra ! mais j'aperçois le gîte
Sombre, où nous sommes attendus...
Les morts au but arrivent vite ;
Hourra ! nous y voici rendus ! »


Contre une grille en fer le cavalier arrive,
Y passe sans l'ouvrir... et d'un élan soudain,
Transporte Lénore craintive
Au milieu d'un triste jardin...
C'était un cimetière. « Est-ce là ta demeure ?
— Oui, Lénore ; mais voici l'heure,
Voici l'heure de notre hymen ;
Descendons de cheval... Femme, prenez ma main ! »
Ah ! Seigneur Dieu ! plus de prestige...
Le cheval, vomissant des feux,
S'abîme ! et de l'homme (ô prodige !)
Un vent souffle les noirs cheveux
Et la chair qui s'envole en poudre...
Puis, à la lueur de la foudre,
Découvre un squelette hideux !


« Hourra ! qu'on commence la fête !
Hourra ! » Tout s'agite, tout sort,
Et, pour la ronde qui s'apprête,
Chaque tombeau vomit un mort.

. . . . . . . . . .

« Tout est fini ! par Notre-Dame !
Reprend la même voix, chaque chose à son tour :
Après la gloire vient l'amour !
Maintenant, j'embrasse ma femme.


» — Jamais ! » Elle s'agite... et tout s'évanouit !
« Jamais ! dit son amant, est-ce bien vrai, cruelle ?
(Il était près du lit.) — Ah ! Guillaume, dit-elle,
Quel rêve j'ai fait cette nuit ! »

# LÉNORE

(TRADUCTION LITTÉRALE)

Lénore, au matin, de chez elle
Sort pleurante, elle a mal dormi :
« Est-il mort? est-il infidèle?
Reviendra-t-il, mon doux ami? »
Wilhelm était parti naguère
Pour Prague, où le roi Frédéric
Soutenait une rude guerre
Si l'on en croit le bruit public.

Enfin, ce prince et la czarine,
Las de batailler sans succès,
Ont calmé leur humeur chagrine
Et depuis peu conclu la paix ;
Et cling ! et clang ! les deux armées,
Au bruit des instruments guerriers,
Mais joyeuses et désarmées,
Rentrent gaiement dans leurs foyers.

Ah ! partout, partout, quelle joie !
A leur abord, jeunes et vieux

Fourmillent par monts et par voie
En les accueillant de leur mieux :
« Dieu soit loué!... » dit une amante;
Une épouse : « Quel heureux jour! »
Seule, hélas! Lénore tremblante
Attend le baiser du retour.

Elle s'informe, crie, appelle,
Parcourt en vain les rangs pressés.
De son amant point de nouvelle...
Et tous les soldats sont passés !
Mais sur la route solitaire,
Lénore en proie au désespoir
Tombe échevelée,... et sa mère
L'y retrouva quand vint le soir.

« Ah! le Seigneur nous fasse grâce !
Qu'as-tu? qu'as-tu, ma pauvre enfant?»
Elle la relève, l'embrasse,
Contre son cœur la réchauffant;
« Que le monde et que tout périsse!...
Ma mère! il est mort! il est mort!
Mais je partagerai son sort !

» — Mon Dieu! mon Dieu! quelle démence !
Enfant, rétracte un tel souhait;
Du Ciel implore la clémence,
Le bon Dieu fait bien ce qu'il fait.
— Vain espoir, ma mère! ma mère!
Dieu n'entend rien, le Ciel est loin...
A quoi servira ma prière,
Si Wilhelm n'en a plus besoin?

» — Qui connaît le Père, d'avance
Sait qu'il aidera son enfant :

Va, Dieu guérira ta souffrance
Avec le très-saint sacrement !
— Ma mère, pour calmer ma peine,
Nul remède n'est assez fort,
Nul sacrement, j'en suis certaine,
Ne peut rendre à la vie un mort !

» — Ecoute donc !... qui sait, ma chère,
Si ton infidèle amoureux
Avec une fille étrangère
N'a pas contracté d'autres nœuds :
Que l'oubli paye son injure,
Le diable en vengera l'affront :
Il emportera le parjure
Dans son enfer, et tout au fond.

» — Il m'aimait trop, infortunée !
Ma mère, il est mort ! il est mort !
Puissé-je n'être jamais née
Ou déjà partager son sort :
Que ton éclat s'évanouisse,
Flambeau de ma vie, éteins-toi !
Le jour me serait un supplice,
Dès qu'il n'est plus d'espoir pour moi !

» — Ces mots, ô ma fille chérie,
Par la douleur sont arrachés...
Mon Dieu, ne va pas, je t'en prie,
Les lui compter pour des péchés !
Enfant, ta peine est passagère,
Mais songe au bonheur éternel ;
Tu perds un fiancé sur terre,
Il te reste un époux au Ciel !

» — Qu'est-ce que le bonheur céleste,

Ma mère, qu'est-ce que l'enfer ?
Avec lui le bonheur céleste,
Et sans lui, sans Wilhelm, l'enfer[1] !
Que ton éclat s'évanouisse,
Flambeau de ma vie, éteins-toi !
Le jour me serait un supplice,
Dès qu'il n'est plus d'espoir pour moi ! »

Ainsi dans son cœur, dans son âme,
Se ruait un chagrin mortel :
Longtemps encore elle se pâme,
Se déchire, maudit le Ciel,
Jusqu'à l'heure où de sombres voiles
Le soleil obscurcit ses yeux,
A l'heure où les blanches étoiles
Glissent en paix sur l'arc des cieux.

Tout à coup, trap, trap ! trap ! Lénore
Reconnaît le pas d'un coursier,
Bientôt une armure sonore
En grinçant monte l'escalier...
Et puis, écoutez, la sonnette
Klinglingling, tinte doucement...
Par la porte de la chambrette
Ces mots pénètrent sourdement :

« Holà ! holà ! c'est moi, Lénore !
Veilles-tu, petite, ou dors-tu ?
Me gardes-tu ton cœur encore ?
Es-tu joyeuse ou pleures-tu ?
— Ah ! Wilhelm, Wilhelm, à cette heure !
Ton retard m'a fait bien du mal,

---

1. Ces répétitions de vers et de mots rimant avec eux-mêmes, sont
ainsi dans l'original : la forme des strophes est aussi la même.

Je t'attends, je veille et je pleure.
Mais d'où viens-tu sur ton cheval?

» — Je viens du fond de la Bohême :
Je n'en suis parti qu'à minuit,
Et je veux, si Lénore m'aime,
Qu'elle m'y suive cette nuit.
— Entre ici d'abord, ma chère âme,
J'entends le vent siffler dehors,
Dans mes bras, sur mon sein de flamme,
Je saurai réchauffer ton corps.

» — Laisse le vent siffler, ma chère ;
Qu'importe à moi le mauvais temps !
Mon cheval noir gratte la terre,
Je ne puis rester plus longtemps.
Allons ! chausse tes pieds agiles,
Saute en croupe sur mon cheval,
Nous avons à faire cent milles
Pour gagner le lit nuptial.

» — Quoi ! cent milles à faire encore
Avant la fin de cette nuit ?
Wilhelm, la cloche vibre encore
Du douzième coup de minuit...
— Vois la lune briller, petite ;
La lune éclairera nos pas ;
Nous et les morts, nous allons vite,
Et bientôt nous serons là-bas.

» — Mais où sont, et comment sont faites
Ta demeure et ta couche ? — Loin :
Le lit est fait de deux planchettes
Et de six planches, dans un coin
Étroit, silencieux, humide.

Y tiendrons-nous bien? — Oui, tous deux;
Mais viens, que le cheval rapide,
Nous emporte au festin joyeux? »

Lénore se chausse et prend place
Sur la croupe du noir coursier,
De ses mains de lis elle embrasse
La taille de son cavalier...
Hop! hop! hop! ainsi dans la plaine
Toujours le galop redoublait.
Les amants respiraient à peine,
Et sous eux le chemin brûlait.

Comme ils voyaient, devant, derrière,
A droite, à gauche, s'envoler
Steppes, forêts, champs de bruyère,
Et les cailloux étinceler!
« Hourra! hourra! la lune brille,
Les morts vont vite, par le frais,
En as-tu peur, petite fille?
— Non... mais laisse les morts en paix!

» — Pourquoi ce bruit, ces chants, ces plaintes,
Ces prêtres?... — C'est le chant des morts,
Le convoi, les prières saintes;
Et nous portons en terre un corps. »
Tout se rapproche; enfin la bière
Se montre à l'éclat des flambeaux,
Et les prêtres chantaient derrière
Avec une voix de corbeaux.

« Votre tâche n'est pas pressée,
Vous finirez demain matin;
Moi, j'emmène ma fiancée,
Et je vous invite au festin:

Viens, chantre ! que du mariage
L'hymne joyeux nous soit chanté ;
Prêtre, il faut au bout du voyage
Nous unir pour l'éternité ! »

Ils obéissent en silence
Au mystérieux cavalier :
« Hourra ! » Tout le convoi s'élance
Sur les pas ardents du coursier...
Hop ! hop ! hop ! ainsi dans la plaine
Toujours le galop redoublait.
Les amants respiraient à peine,
Et sous eux le chemin brûlait.

Oh ! comme champs, forêts, herbages,
Devant et derrière filaient !
Oh ! comme villes et villages
A droite, à gauche s'envolaient !
« Hourra ! hourra ! les morts vont vite,
La lune brille sur leurs pas...
En as-tu peur des morts, petite?
— Ah ! Wilhelm, ne m'en parle pas !

» — Tiens, tiens ! aperçois-tu la roue ?
Comme on y court de tous côtés !
Sur l'échafaud on danse, on joue,
Que de beaux spectres argentés !
Ici, compagnons, je vous prie,
Suivez les pas de mon cheval,
Bientôt, bientôt je me marie,
Et vous danserez à mon bal. »

Housch ! housch ! housch ! les spectres en foule
A ces mots se sont rapprochés,
Avec le bruit du vent qui roule

Dans les feuillages desséchés :
Hop ! hop ! hop ! ainsi dans la plaine
Toujours le galop redoublait.
Les amants respiraient à peine,
Et sous eux le chemin brûlait.

Comme les plaines éclairées
Par la lune, sous eux passaient !
Comme les étoiles dorées,
Comme les cieux sur eux glissaient !...
« Hourra ! hourra ! la lune brille,
Les morts vont vite par le frais ;
En as-tu peur, petite fille ?
— Mon Dieu ! laisse les morts en paix !

» — Mon cheval ! mon noir !... le coq chante.
Mon noir, nous arrivons enfin,
Et déjà ma poitrine ardente
Hume le vent frais du matin...
Au but ! au but ! mon cœur palpite,
Le lit nuptial est ici ;
Au but ! au but !... les morts vont vite,
Les morts vont vite... Nous voici ! »

Une grille en fer les arrête :
Le cavalier frappe trois coups
Avec sa légère baguette.
Les serrures et les verrous
Craquent,... les deux battants gémissent,
Se retirent : ils sont entrés ;
Des tombeaux autour d'eux surgissent
Par la lune blanche éclairés.

Le cavalier, près d'une tombe,
S'arrête en ce lieu désolé :

Pièce à pièce son manteau tombe
Comme de l'amadou brûlé...
Hou! hou!... voici sa chair encore
Qui s'envole avec ses cheveux,
Et de tout ce qu'aimait Lénore
Ne laisse qu'un squelette affreux.

Le cheval disparaît en cendre
Avec de longs hennissements...
Du ciel en feu semblent descendre
Des hurlements! des hurlements!
Lénore entend des cris de plainte
Percer la terre sous ses pas,
Et son cœur glacé par la crainte
Flottait de la vie au trépas.

C'est le bal des morts qui commence,
La lune brille... Les voici!
Ils se forment en ronde immense,
Puis ils dansent chantant ceci :
« Dans sa douleur la plus profonde,
Malheur à qui blasphémera!...
Ce corps vient de mourir au monde...
Dieu sait où l'âme s'en ira!... »

Janvier 1830.

16

# MÉLODIE IRLANDAISE

(IMITÉ DE THOMAS MOORE.)

Le soleil du matin commençait sa carrière,
Je vis près du rivage une barque légère
Se bercer mollement sur les flots argentés.
Je revins quand la nuit descendait sur la rive :
La nacelle était là, mais l'onde fugitive
Ne baignait plus ses flancs dans le sable arrêtés.

Et voilà notre sort ! au matin de la vie
Par des rêves d'espoir notre âme poursuivie
Se balance un moment sur les flots du bonheur ;
Mais, sitôt que le soir étend son voile sombre,
L'ombre qui nous portait se retire, et dans l'ombre
Bientôt nous restons seuls en proie à la douleur.

Au déclin de nos jours on dit que notre tête
Doit trouver le repos sous un ciel sans tempête ;
Mais qu'importe à mes vœux le calme de la nuit !
Rendez-moi le matin, la fraîcheur et les charmes ;
Car je préfère encor ses brouillards et ses larmes
Aux plus douces lueurs du soleil qui s'enfuit.

Oh! qui n'a désiré voir tout à coup renaître
Cet instant dont le charme éveilla dans son être
Et des sens inconnus et de nouveaux transports!
Où son âme semblable à l'écorce embaumée,
Qui disperse en brûlant sa vapeur parfumée,
Dans les feux de l'amour exhala ses trésors!

Janvier 1830.

# LAISSE-MOI

Non, laisse-moi, je t'en supplie;
En vain, si jeune et si jolie,
Tu voudrais ranimer mon cœur!
Ne vois-tu pas, à ma tristesse,
Que mon front pâle et sans jeunesse
Ne doit plus sourire au bonheur?

Quand l'hiver aux froides haleines
Des fleurs qui brillent dans nos plaines
Glace le sein épanoui,
Qui peut rendre à la feuille morte
Ses parfums que la brise emporte
Et son éclat évanoui?

Oh! si je t'avais rencontrée
Alors que mon âme enivrée
Palpitait de vie et d'amours,
Avec quel transport, quel délice
J'aurais accueilli ton sourire
Dont le charme eût nourri mes jours!

Mais à présent, ô jeune fille!

16.

Ton regard, c'est l'astre qui brille,
Aux yeux troublés des matelots,
Dont la barque en proie au naufrage,
A l'instant où cesse l'orage,
Se brise et s'enfuit sous les flots.

Non, laisse-moi, je t'en supplie;
En vain, si jeune et si jolie,
Tu voudrais ranimer mon cœur:
Sur ce front pâle et sans jeunesse
Ne vois-tu pas que la tristesse
A banni l'espoir du bonheur?

1830.

# LES PAPILLONS

De toutes les belles choses
Qui nous manquent en hiver,
Qu'aimez-vous mieux ? « Moi, les roses ;
— Moi, l'aspect d'un beau pré vert ;
— Moi, la moisson blondissante,
Chevelure des sillons ;
— Moi, le rossignol qui chante ;
— Et moi, les beaux papillons ! »

Le papillon ! fleur sans tige,
    Qui voltige,
Que l'on cueille en un réseau ;
Dans la nature infinie,
    Harmonie
Entre la plante et l'oiseau !

Quand revient l'été superbe,
Je m'en vais au bois tout seul :
Je m'étends dans la grande herbe,
Perdu dans ce vert linceul.

Sur ma tête renversée,

Là, chacun d'eux à son tour,
Passe comme une pensée
De poésie ou d'amour !

Voici le papillon *Faune*,
      Noir et jaune ;
Voici le *Mars* azuré,
Agitant des étincelles
      Sur ses ailes
D'un velours riche et moiré.

Voici le *Vulcain* rapide,
Qui vole comme un oiseau ;
Son aile noire et splendide
Porte un grand ruban ponceau.
Dieux ! le *Soufré*, dans l'espace,
Comme un éclair a relui...
Mais le joyeux *Nacré* passe,
Et je ne vois plus que lui !

Comme un éventail de soie,
      Il déploie
Son manteau semé d'argent ;
Et sa robe bigarrée
      Est dorée
D'un or verdâtre et changeant.

Voici le *Machaon-Zèbre*,
De fauve et de noir rayé ;
Le *Deuil*, en habit funèbre,
Et le *Miroir* bleu strié ;

Voici l'*Argus*, feuille-morte,
Le *Morio*, le *Grand-Bleu*,
Et le *Paon-de-Jour* qui porte
Sur chaque aile un œil de feu !

Mais le soir brunit nos plaines;
    Les *Phalènes*
Prennent leur essor bruyant,
Et les *Sphinx* aux couleurs sombres,
    Dans les ombres
Voltigent en tournoyant.

C'est le *Grand-Paon*, à l'œil rose
Dessiné sur un fond gris,
Qui ne vole qu'à nuit close,
Comme les chauves-souris;

Le *Bombice* du troëne,
Rayé de jaune et de vert,
Et le *Papillon du chêne*
Qui ne meurt pas en hiver!

Voici le *Sphinx* à la tête
    De squelette,
Peinte en blanc sur un fond noir,
Que le villageois redoute,
    Sur sa route,
De voir voltiger le soir.

Je hais aussi les *Phalènes*,
Sombres hôtes de la nuit,
Qui voltigent dans nos plaines
De sept heures à minuit;
Mais vous, papillons que j'aime,
Légers papillons de jour,
Tout en vous est un emblème
De poésie et d'amour!

Malheur, papillons que j'aime,
    Doux emblème,

A vous pour votre beauté !...
Un doigt, de votre corsage,
        Au passage,
Froisse, hélas ! le velouté !...

Une toute jeune fille
Au cœur tendre, au doux souris,
Perçant vos cœurs d'une aiguille,
Vous contemple, l'œil surpris.

Et vos pattes sont coupées
Par l'ongle blanc qui les mord,
Et vos antennes crispées
Dans les douleurs de la mort !...

1830.

# A ANNE BOULEN

ROMANCE

Ah ! sous une feinte allégresse
Ne nous cache pas ta douleur !
Tu plais autant par ta tristesse
Que par ton sourire enchanteur :
A travers la vapeur légère
L'Aurore ainsi charme les yeux ;
Et, belle en sa pâle lumière,
La nuit, Phœbé charme les cieux.

Qui te voit, muette et pensive,
Seule rêver le long du jour,
Te prend pour la vierge naïve
Qui soupire un premier amour ;
Oubliant l'auguste couronne
Qui ceint tes superbes cheveux,
A ses transports il s'abandonne,
Et sent d'amour les premiers feux !

1831.

# NOBLES ET VALETS

Les nobles d'autrefois, dont parlent les romans,
Ces preux à fronts de bœuf, à figures dantesques,
Dont les corps charpentés d'ossements gigantesques
Semblaient avoir au sol racine et fondement;

S'ils revenaient au monde, et qu'il leur prît l'idée
De voir les héritiers de leurs noms immortels,
Race de laridons, encombrant les hôtels
Des ministres, — rampante, avide et dégradée;

Êtres grêles, à buscs, plastrons et faux mollets : —
Certes, ils comprendraient alors, ces nobles hommes,
Que, depuis les vieux temps, au sang des gentilshommes
Leurs filles ont mêlé bien du sang de valets !

1831.

# LE RÉVEIL EN VOITURE

Voici ce que je vis. — Les arbres sur ma route
Fuyaient mêlés, ainsi qu'une armée en déroute !
Et sous moi, comme ému par les vents soulevés,
Le sol roulait des flots de glèbe et de pavés.

Des clochers conduisaient parmi les plaines vertes
Leurs hameaux aux maisons de plâtre, recouvertes
En tuiles, qui trottaient ainsi que des troupeaux
De moutons blancs, marqués en rouge sur le dos.

Et les monts enivrés chancelaient : la rivière
Comme un serpent boa, sur la vallée entière
Etendu, s'élançait pour les entortiller...
— J'étais en poste, moi, venant de m'éveiller !

1831.

17

# LE RELAIS

En voyage, on s'arrête, on descend de voiture ;
Puis entre deux maisons on passe à l'aventure,
Des chevaux, de la route et des fouets étourdi,
L'œil fatigué de voir et le corps engourdi.

Et voici tout à coup, silencieuse et verte,
Une vallée humide et de lilas couverte,
Un ruisseau qui murmure entre les peupliers, —
Et la route et le bruit sont bien vite oubliés !

On se couche dans l'herbe et l'on s'écoute vivre,
De l'odeur du foin vert à loisir on s'enivre,
Et sans penser à rien on regarde les cieux...
Hélas ! une voix crie : « En voiture, messieurs ! »

1831.

# UNE ALLÉE DU LUXEMBOURG

Elle a passé, la jeune fille,
Vive et preste comme un oiseau :
A la main une fleur qui brille,
A la bouche un refrain nouveau.

C'est peut-être la seule au monde
Dont le cœur au mien répondrait ;
Qui venant dans ma nuit profonde
D'un seul regard l'éclairerait !...

Mais non, — ma jeunesse est finie...
Adieu, doux rayon qui m'a lui, —
Parfum, jeune fille, harmonie...
Le bonheur passait — il a fui !

1834.

# NOTRE-DAME DE PARIS

Notre-Dame est bien vieille ; on la verra peut-être
Enterrer cependant Paris qu'elle a vu naître.
Mais, dans quelque mille ans, le temps fera broncher
Comme un loup fait un bœuf, cette carcasse lourde,
Tordra ses nerfs de fer, et puis d'une dent lourde
Rongera tristement ses vieux os de rocher.

Bien des hommes de tous les pays de la terre
Viendront pour contempler cette ruine austère,
Rêveurs, en relisant le livre de Victor...
— Alors ils croiront voir la vieille basilique,
Toute ainsi qu'elle était puissante et magnifique,
Se lever devant eux comme l'ombre d'un mort !

1831.

# CHANT PATRIOTIQUE [1]

(IMITÉ DE NIEMCEWICZ.)

> Boleslas fut le bienfaiteur des Polo-
> nais, et le fléau de leurs voisins.
>
> M. DE SACY.

Celui qui le premier vers la foi dirigea
Les âmes de son peuple à l'erreur destinées,
Miéczyslas le Vieux, plein de gloire et d'années,
Dans la tombe des Piast était couché déjà.

Instruit par des guerriers de haute renommée,
Terrible aux étrangers, aux siens bon et loyal,
Boleslas réunit à son titre royal
Le surnom de *Vaillant* que lui donna l'armée.

A peine régnait-il, qu'au milieu de l'hiver,
Sur les terres de Loch le Bohémien s'élance ;
Il surprend et détruit les villes sans défense,
Et des champs cultivés fait un vaste désert.

---

1. Sur Boleslas I<sup>er</sup>, roi de Pologne, surnommé *Chrobry* (le Grand).

Comme un lion sanglant étreint son adversaire,
Et dévore le corps quand il l'a mis à bas,
De même Boleslas, vainqueur dans les combats,
Asservit encor Prague et la Bohême entière.

De sa conquête ainsi quand il s'est assuré,
Le héros polonais envahit la Servie,
La Lusace, et bientôt la belle Moravie,
Car l'amour de la gloire en son cœur est entré.

Cependant Swientopelk, par Yaroslaf, son frère,
Exilé de Kiiow, sans soldats, sans abri,
Vient se jeter aux pieds de Boleslas Chrobry,
L'implore pour sa cause et l'excite à la guerre.

A sa voix, Boleslas, aussi brave qu'humain,
Réunit dans un camp et range son armée;
Et déjà l'aigle blanche, à vaincre accoutumée,
S'agite sur les rangs et montre le chemin.

Boleslas, dont l'audace en approchant augmente,
Voit derrière le Bug les Russes déployés,
Et, le premier des siens à leurs yeux effrayés,
Il traverse à cheval la rivière écumante.

Le sabre polonais tant de fois éprouvé
Frappa bien des Russiens de ses coups redoutables;
Le fleuve déborda sous des corps innombrables,
Et le sang du rivage en fut au loin lavé.

La ville est assiégée; et par la brèche ouverte
Chrobry lance la mort sur ce peuple païen,
Et temples et palais bientôt ne sont plus rien
Que des débris sanglants dans la cité déserte.

Boleslas des remparts alors s'est approché,
Sur les fossés comblés par la garnison morte ;
Et, marchant d'un pied sûr vers la plus grande porte,
En frappe les battants de son glaive ébréché.

Ayant vaincu Russiens, Allemands et Bohêmes,
Aux bords de la Dossa, du Sala, du Dniéper,
Le héros fit dresser des colonnes de fer
Où de tous ses exploits on grava les emblèmes.

Ce fut un puissant roi qui fit si fermement
Rendre justice à tous et respecter ses ordres,
Que, dans ce temps rempli de guerre et de désordres,
Le pauvre cultivait son champ paisiblement.

Et, quand la mort mit fin à son règne prospère,
Comme il avait tant fait pour la gloire et l'honneur,
Et répandu sur tous abondance et bonheur,
Le peuple polonais le pleura comme un père.

1833.

# DANS LES BOIS

Au printemps, l'oiseau naît et chante :
N'avez-vous jamais ouï sa voix ?...
Elle est pure, simple et touchante
La voix de l'oiseau — dans les bois !

L'été, l'oiseau cherche l'oiselle ;
Il aime, et n'aime qu'une fois !
Qu'il est doux, paisible et fidèle
Le nid de l'oiseau — dans les bois !

Puis, quand vient l'automne brumeuse,
Il se tait... avant les temps froids.
Hélas ! qu'elle doit être heureuse
La mort de l'oiseau — dans les bois !

1834.

# LÉNORE

BALLADE DE BURGER

## I. — LE BLASPHÈME

Lénore au point du jour se lève,
L'œil en pleurs, le cœur oppressé ;
Elle a vu passer dans un rêve,
Pâle et mourant son fiancé :
Wilhelm était parti naguère
Pour Prague, où le roi Frédéric
Soutenait une rude guerre,
Si l'on en croit le bruit public.

Enfin, ce prince et la czarine,
Las de batailler sans succès,
Ont calmé leur humeur chagrine
Et depuis peu conclu la paix ;
Et cling ! et clang ! les deux armées,
Au bruit des instruments guerriers,
Mais joyeuses et désarmées,
Rentrent gaiement dans leurs foyers.

17.

Ah ! partout, partout quelle joie !
Jeunes et vieux, filles, garçons ;
La foule court et se déploie
Sur les chemins et sur les ponts.
Quel moment d'espoir pour l'amante,
Et pour l'épouse quel beau jour !
Seule, hélas ! Lénore tremblante
Attend le baiser du retour.

Elle s'informe, crie, appelle,
Parcourt en vain les rangs pressés.
De son amant point de nouvelle...
Et tous les soldats sont passés !
Mais sur la route solitaire,
Lénore en proie au désespoir
Tombe échevelée..., et sa mère
L'y retrouva quand vint le soir.

« Ah ! le Seigneur nous fasse grâce !
Qu'as-tu ? qu'as-tu, ma pauvre enfant ?... »
Elle la relève, l'embrasse,
Contre son cœur la réchauffant.
« Que le monde et que tout périsse,
Ma mère ! il est mort ! il est mort !
Il n'est plus au ciel de justice...,
Mais je veux partager son sort !

» — Mon Dieu ! mon Dieu ! quelle démence !
Enfant, rétracte un tel souhait ;
Du Ciel implore la clémence,
Le bon Dieu fait bien ce qu'il fait.
— Vain espoir ! ma mère ! ma mère !
Dieu n'entend rien ; le ciel est loin...,
A quoi servira ma prière,
Si Wilhelm n'en a plus besoin ?

» — Qui connaît le Père, d'avance
Sait qu'il aidera son enfant :
Va, Dieu guérira ta souffrance
Avec le très-saint sacrement !
— Ma mère ! pour calmer ma peine,
Nul remède n'est assez fort,
Nul sacrement, j'en suis certaine,
Ne peut rendre à la vie un mort !

» — Ces mots, à ma fille chérie,
Par la douleur sont arrachés...
Mon Dieu, ne va pas, je t'en prie,
Les lui compter pour des péchés !
Enfant, ta peine est passagère,
Mais songe au bonheur éternel :
Tu perds un fiancé sur terre,
Il te reste un époux au Ciel.

» — Qu'est-ce que le bonheur céleste,
Ma mère ? qu'est-ce que l'enfer ?
Avec lui le bonheur céleste,
Et sans lui, sans Wilhelm, l'enfer ;
Que ton éclat s'évanouisse,
Flambeau de ma vie, éteins-toi !
Le jour me serait un supplice,
Puisqu'il n'est plus d'espoir pour moi ! »

Ainsi, dans son cœur, dans son âme,
Se ruait un chagrin mortel :
Longtemps encore elle se pâme,
Se tord les mains, maudit le Ciel,
Jusqu'à l'heure où de sombres voiles
Le soleil obscurcit ses yeux ;
A l'heure où les blanches étoiles
Glissent en paix sur l'arc des cieux.

## II. — LA COURSE

Tout à coup, trap! trap! trap! Lénore
Reconnaît le pas d'un coursier;
Bientôt une armure sonore
En grinçant monte l'escalier...
Et puis, écoutez : la sonnette,
Klinglingling! tinte doucement...
Par la porte de la chambrette
Ces mots pénètrent sourdement :

« Holà! holà! c'est moi, Lénore!
Veilles-tu, petite, ou dors-tu?
Me gardes-tu ton cœur encore?
Es-tu joyeuse ou pleures-tu?
— Ah! Wilhelm! Wilhelm, à cette heure!
Ton retard m'a fait bien du mal,
Je t'attends, je veille et je pleure...
Mais d'où viens-tu sur ton cheval?

» — Je viens du fond de la Bohême,
Je n'en suis parti qu'à minuit,
Et je veux, si Lénore m'aime,
Qu'elle m'y suive cette nuit.
— Entre ici, d'abord, ma chère âme,
J'entends le vent siffler dehors;
Dans mes bras, sur mon sein de flamme,
Viens que je réchauffe ton corps.

» — Laisse le vent siffler, ma chère;
Qu'importe à moi le mauvais temps!
Mon cheval noir gratte la terre,

Je ne puis rester plus longtemps :
Allons! chausse tes pieds agiles,
Saute en croupe sur mon cheval,
Nous avons à faire cent milles
Pour gagner le lit nuptial.

» — Quoi! cent milles à faire encore
Avant la fin de cette nuit?
Wilhelm la cloche vibre encore,
Du douzième coup de minuit...
— Vois la lune briller, petite,
La lune éclairera nos pas ;
Nous et les morts nous allons vite,
Et bientôt nous serons là-bas.

» — Mais où sont et comment sont faites
Ta demeure et ta couche? — Loin :
Le lit est fait de deux planchettes
Et de six planches..., dans un coin
Étroit, silencieux, humide.
— Y tiendrons-nous bien? — Oui, tous deux ;
Mais viens, que le cheval rapide
Nous emporte au festin joyeux ! »

Lénore se chausse et prend place
Sur la croupe du noir coursier ;
De ses mains de lis elle embrasse
Le corps svelte du cavalier...
Hop! hop ! hop! ainsi dans la plaine
Toujours le galop redoublait ;
Les amants respiraient à peine,
Et sous eux le chemin brûlait.

Comme ils voyaient, devant, derrière,
A droite, à gauche, s'envoler

Steppes, forêts, champs de bruyère,
Et les cailloux étinceler !
« Hourra ! hourra ! la lune est claire,
Les morts vont vite, par le frais !
En as-tu peur, des morts, ma chère ?
— Non !... Mais laisse les morts en paix !

— Pourquoi ce bruit, ces chants, ces plaintes,
Ces prêtres ?... — C'est le chant des morts,
Le convoi, les prières saintes ;
Et nous portons en terre un corps. »
Tout se rapproche : enfin la bière
Se montre à l'éclat des flambeaux...
Et les prêtres chantaient derrière
Avec une voix de corbeaux.

« Votre tâche n'est pas pressée ;
Vous finirez demain matin ;
Moi, j'emmène ma fiancée, .
Et je vous invite au festin :
Viens, chantre, que du mariage
L'hymne joyeux nous soit chanté ;
Prêtre, il faut au bout du voyage
Nous unir pour l'éternité. »

Ils obéissent en silence
Au mystérieux cavalier.
— Hourra ! — Tout le convoi s'élance
Sur les pas ardents du coursier...
Hop ! hop ! hop ! ainsi dans la plaine
Toujours le galop redoublait ;
Les amants respiraient à peine,
Et sous eux le chemin brûlait.

Oh ! comme champs, forêts, herbages,

Devant et derrière filaient !
Oh ! comme villes et villages,
A droite, à gauche s'envolaient ! —
« Hourra ! hourra ! Les morts vont vite,
La lune brille sur leurs pas...
En as-tu peur, des morts, petite ?
— Oh ! Wilhelm, ne m'en parle pas !

— Tiens, tiens ! aperçois-tu la roue ?
Comme on y court de tous côtés !
Sur l'échafaud on danse, on joue ;
Vois-tu ces spectres argentés ? —
Ici, compagnons, je vous prie,
Suivez les pas de mon cheval ;
Bientôt, bientôt je me marie,
Et vous danserez à mon bal. —

Housch ! housch ! housch ! les spectres en foule
A ces mots se sont rapprochés
Avec le bruit du vent qui roule
Dans les feuillages desséchés :
Hop ! hop ! hop ! ainsi dans la plaine
Toujours le galop redoublait ;
Les amants respiraient à peine,
Et sous eux le chemin brûlait.

— Mon cheval ! mon noir !... Le coq chante,
Mon noir ! Nous arrivons enfin,
Et déjà ma poitrine ardente
Hume le vent frais du matin...
Au but ! au but ! Mon cœur palpite,
Le lit nuptial est ici ;
Au but ! au but ! Les morts vont vite ;
Les morts vont vite. Nous voici ! —

Une grille en fer les arrête ;
Le cavalier frappe trois coups
Avec sa légère baguette. —
Les serrures et les verrous
Craquent... Les deux battants gémissent,
Se retirent. — Ils sont entrés ;
Des tombeaux autour d'eux surgissent
Par la lune blanche éclairés.

Le cavalier près d'une tombe
S'arrête en ce lieu désolé : —
Pièce à pièce son manteau tombe
Comme de l'amadou brûlé...
Hou ! hou !... Voici sa chair encore
Qui s'envole, avec ses cheveux,
Et de tout ce qu'aimait Lénore
Ne laisse qu'un squelette affreux.

### III. — LE BAL DES MORTS

Le cheval disparaît en cendre
Avec de longs hennissements,...
Du ciel en feu semblent descendre
Des hurlements ! des hurlements !
Lénore entend des cris de plainte
Percer la terre sous ses pas...
Et son cœur, glacé par la crainte,
Flotte de la vie au trépas.

C'est le bal des morts qui commence,
La lune brille... Les voici !
Ils se forment en ronde immense,
Puis ils dansent, chantant ceci :

« Dans sa douleur la plus profonde,
Malheur à qui blasphémera !... —
Ce corps vient de mourir au monde...
Dieu sait où l'âme s'en ira ! »

1835.

# RÊVERIE DE CHARLES VI

FRAGMENT.

... Que de soins sur un front la main de Dieu rassemble
Et donne pour racine aux fleurons du bandeau !
Pourquoi mit-il encor ce pénible fardeau
Sur ma tête aux pensers sombres abandonnée,
Et souffrante, et déjà de soi-même inclinée ?
Moi qui n'aurais aimé, si j'avais pu choisir,
Qu'une existence calme, obscure et sans désir :
Une pauvre maison dans quelque bois perdue,
De tapis de lierre et de mousse tendue ;
Des fleurs à cultiver, la barque d'un pêcheur,
Et de la nuit sur l'eau respirer la fraîcheur ;
Prier Dieu sur les monts, suivre mes rêveries
Par les bois ombragés et les grandes prairies,
Des collines le soir descendre le penchant,
Le visage baigné des lueurs du couchant ;
Quand un vent parfumé nous apporte en sa plainte
Quelques sons affaiblis d'une ancienne complainte...
Oh ! ces feux du couchant, vermeils, capricieux,
Montent, comme un chemin splendide, vers les cieux !

Il semble que Dieu dise à mon âme souffrante :
« Quitte le monde impur, la foule indifférente,
Suis d'un pas assuré cette route qui luit,
Et viens à moi, mon fils !... et n'attends pas la nuit ! »

1842.

# DE RAMSGATE A ANVERS

A cette côte anglaise
J'ai donc fait mes adieux,
Et sa blanche falaise
S'efface au bord des cieux !

Que la mer me sourie !
Plaise aux dieux que je sois
Bientôt dans ta patrie,
O grand maître anversois !

*Rubens !* à toi je songe,
Seul peut-être et pensif
Sur cette mer où plonge
Notre fumeux esquif.

Histoire et poésie,
Tout me vient à travers
Ma mémoire saisie
Des merveilles d'Anvers:

Cette mer qui sommeille
Est belle comme aux jours

Où, riante et vermeille,
Tu la peuplais d'Amours.

Ainsi ton seul génie,
Froid aux réalités
De la mer d'Ionie,
Lui prêtait les clartés,

Lorsque la nef dorée
Amenait autrefois
Cette reine adorée
Qui s'unit aux Valois.

Fleur de la renaissance,
Honneur de ses palais, —
Qu'attendait hors de France
Le coupe-tête anglais !

Mais alors sa fortune
Bravait tous les complots,
Et la cour de Neptune
La suivait sur les flots.

Tes grasses néréides
Et tes tritons pansus
S'accoudaient tout humides
Sur les dauphins bossus.

L'Océan qui moutonne
Roulait dans ses flots verts
La gigantesque tonne
Du Silène d'Anvers.

Pour ta Flandre honorée,
Son nourrisson divin

A sa boisson ambrée
Donna l'ardeur du vin ! —

Des cieux tu fis descendre
Vers ce peuple enivré,
Comme aux fêtes de Flandre,
L'Olympe en char doré.

Joie, amour et délire,
Hélas ! trop expiés !
Les rois sur le navire
Et les dieux à leurs pieds ! —

Adieu, splendeur finie
D'un siècle solennel !
Mais toi seul, ô génie !
Tu restes éternel.

1846.

# UNE FEMME ET L'AMOUR

Une femme est l'amour, la gloire et l'espérance ;
Aux enfants qu'elle guide, à l'homme consolé,
Elle élève le cœur et calme la souffrance,
Comme un esprit des cieux sur la terre exilé.

Courbé par le travail ou par la destinée,
L'homme à sa voix s'élève et son front s'éclaircit :
Toujours impatient dans sa course bornée,
Un sourire le dompte et son cœur s'adoucit.

Dans ce siècle de fer la gloire est incertaine :
Bien longtemps à l'attendre il faut se résigner,
Mais qui n'aimerait pas dans sa grâce sereine
La Beauté qui la donne ou qui la fait gagner ?

FIN

# TABLE

## POÉSIES POLITIQUES.

## ÉLÉGIES NATIONALES ET SATIRES POLITIQUES.

## FRAGMENTS DE *FAUST*.

## ODELETTES RHYTHMIQUES ET LYRIQUES.

## VERS D'OPÉRA.

## LES CHIMÈRES.

## POÉSIES DIVERSES.

19787. — Typographie Lahure, rue de Fleurus, 9, à Paris.

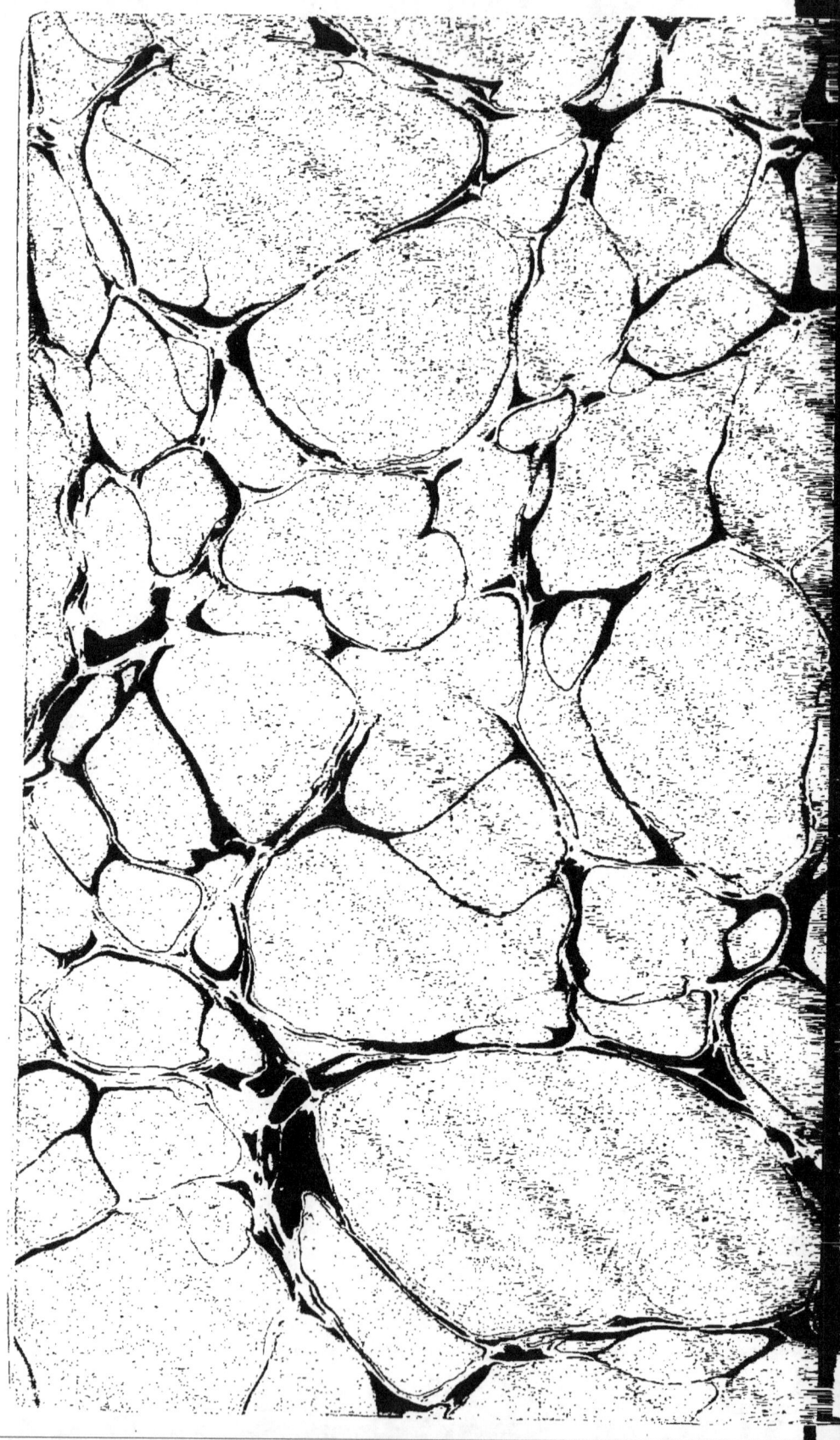

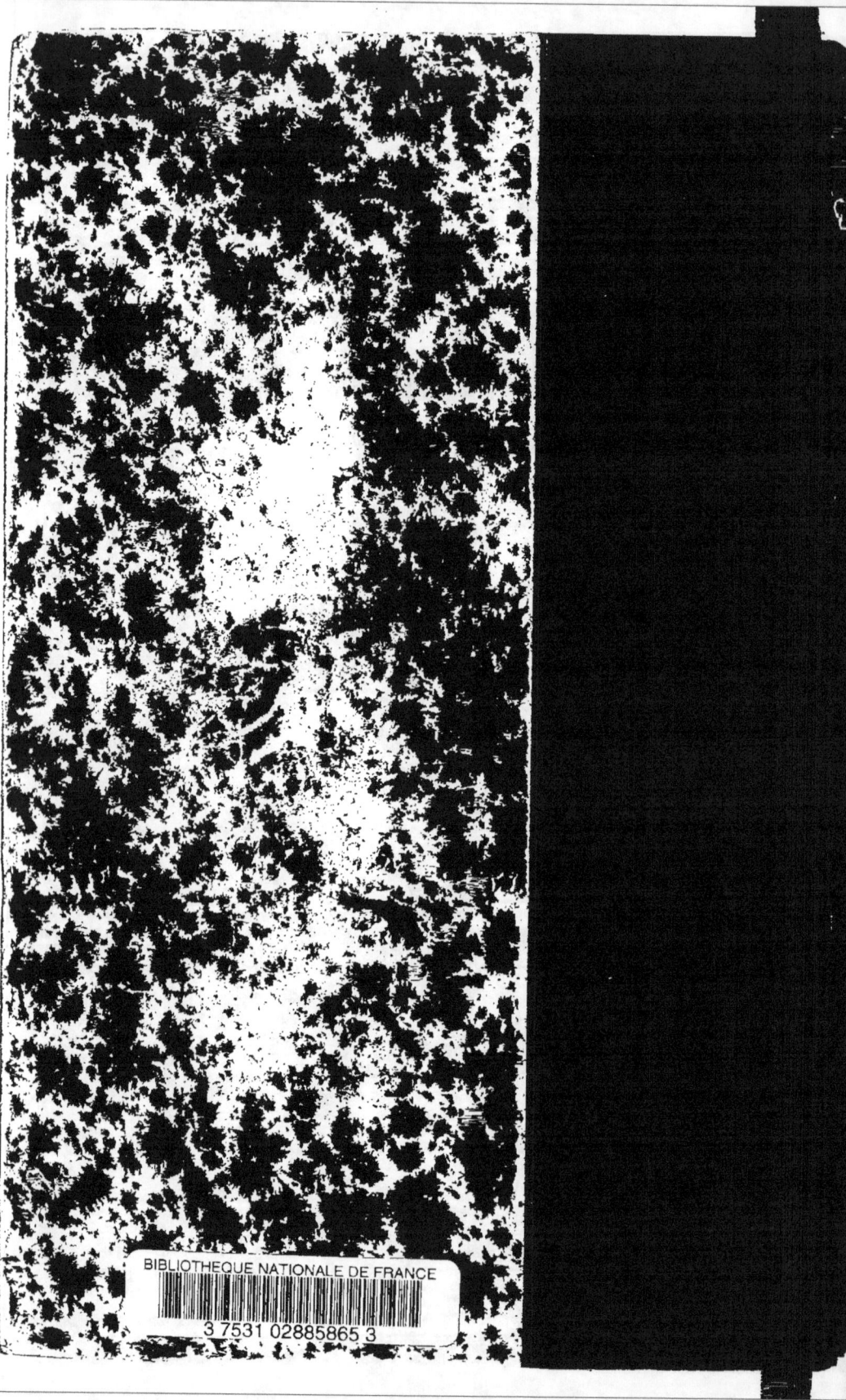

BIBLIOTHEQUE NATIONALE DE FRANCE

3 7531 02885865 3

www.ingramcontent.com/pod-product-compliance
Lightning Source LLC
Chambersburg PA
CBHW050203030726
47505CB00005B/1493